Goosebumps®

Goosebumps®

Goosebumps®

雞皮疙瘩 38

深海奇遇

Deep Trouble

R.L. 史坦恩（R.L.STINE）◎著

陳昭如◎譯

Goosebumps 雞皮疙瘩

致台灣讀者

讀者們，請小心……

我是R・L・史坦恩，歡迎到「雞皮疙瘩」的可怕世界裡來。

你是否曾在深夜裡聽到過奇怪的嚎叫？你是否曾在黑暗中聽到腳步聲——卻根本看不到人？你是否見過神祕可怖的陰影，幽幽暗處有眼睛在窺視著你，或者身後有聲音叫你的名字？

如果是這樣，你應該了解那種奇特的發麻的感覺——那種給你一身雞皮疙瘩、被嚇呆的感覺。

在這些書裡，幽靈在閣樓上竊竊低語；膽顫心驚的孩子忽而隱形；稻草人活了，在田野裡走來走去；木偶和布娃娃也有生命，到處嚇人。

當然，這些都是磨礪心志的好玩的嚇人事。我希望你們感到害怕，同時也希望你們大笑。這都是想像出來的故事。當然，最可怕的地方在你們自己心裡。

過個害怕的一天吧！

出版緣起

人生從奇幻冒險開始

城邦媒體集團首席執行長　何飛鵬

我的八到十二歲是在《三劍客》、《基度山恩仇記》、《乞丐王子》中度過的。可是現在的小孩有更新奇的玩具、電玩、漫畫，以及迪士尼樂園等。

八到十二歲，正是孩子從字數極少、以圖畫爲主的繪本閱讀，跨越到漸漸以文字閱讀爲主的時期。也正是訓練孩子從圖像式思考，轉變成文字思考的重要階段。在這個階段，養成長期的文字閱讀習慣，能培養孩子敘事、分析、推理的邏輯思辨能力，奠定良好的寫作實力與數理學力基礎。

然而，現在的父母擔心，大環境造成了習於圖像、不擅思考、討厭文字的一代。什麼力量能讓孩子重回閱讀的懷抱呢？

全球銷售三億五千萬冊的「雞皮疙瘩」，正是爲了滿足此一年齡層的孩子的需求而誕生的！

無論是校園怪奇傳說、墓地探險、鬼屋驚魂，或是與木乃伊、外星人、幽靈、吸血鬼、殭屍、怪物、精靈、傀儡相遇過招，這些孩子們的腦袋裡經常出現的角色或想像，經由作者的生花妙筆，營造出一個個讓孩子們縱橫馳騁的魔幻時空、光怪陸離的神奇異界，經歷各種危急險難，最終卻又能安全地化險為夷。這樣的冒險犯難，無論男孩女孩，無不拍案稱奇、心怡神醉！

本系列作品被譯為三十二種語言版本，並在全球數十個國家出版，創下了出版史上多項的輝煌紀錄，廣受世界各地孩子的喜愛。作者史坦恩表示，這套作品之所以成功，是因為多年的兒童雜誌編輯工作，讓他對兒童心理和兒童閱讀需求有了深刻理解——他知道什麼能逗兒童發笑，什麼能使他們戰慄。

我們誠摯地希望臺灣的孩子也能和世界上其他的孩子一樣，有更豐富多元的閱讀選擇。更希望藉由這套融合驚險恐怖與滑稽幽默於一爐，情節緊湊又緊張的「雞皮疙瘩系列叢書」，重拾八到十二歲孩子的閱讀興趣，從而建立他們的閱讀習慣，擁有一個快樂學習的童年。

現在，我們一起繫好安全帶，放膽體驗前所未有的驚異奇航吧！

專文推薦

戰慄娛人的鬼故事

廖卓成
國立臺北教育大學語文與創作系兒童文學教授

這套書很適合愛看鬼故事的讀者。

文學的趣味不止一端，莞爾會心是趣味，熱鬧誇張是趣味，刺激驚悚也是趣味。有人擔心鬼故事助長迷信，其實古典小說中，也有志怪小說一類，《聊齋誌異》就有不少鬼故事。何況，這套書的作者開宗明義的說：「這都是想像出來的故事」，不必當眞。

既然恐怖電影可以看，看鬼故事似乎也無妨；考試的書讀久了，偶爾調劑一下，對頭腦卻是有益。當然，如果看鬼片會連續失眠，妨害日常生活，那就不宜勉強了。

雋永的文學作品，應該有深刻的內涵；但不少兒童文學作品說教有餘，趣味不足。只要有趣味，而且不是害人爲樂的惡趣，就是好的作品。鮑姆（Baum）在《綠野仙蹤》的序言裡，挑明了他寫書就是爲了娛樂讀者。

倒是內行的讀者，不妨考校一下自己的功力，留意這套書的敘事技巧，由主角「我」來講故事，有甚麼效果？書中衝突的設計與化解，是否意想不到又合情合理？能不能有不同的設計？會不會更好？這是另一種引人入勝之處。

導讀

結局只是另一場驚嚇的開始

臺北藝術節藝術總監
臺北藝術大學戲劇系兼任助理教授
耿一偉

不知道大家還記不記得，小時候玩遊戲，比如捉迷藏等，都會有一個人要當鬼。鬼在這個遊戲中很重要，沒有鬼來捉人，遊戲就不好玩。這些遊戲的關鍵特色，不是人要去消滅鬼，而是要去享受人被鬼追的刺激樂趣。所以當鬼捉到人後，不是遊戲就結束，而是下一個人要去當鬼。於是，當鬼反而是件苦差事，因爲捉人沒有樂趣，恨不得趕快找人來替代。所以遊戲不能沒有鬼，不然這個遊戲就不好玩了。

在史坦恩的「雞皮疙瘩系列」中，這些鬼所扮演的角色也是類似遊戲中的鬼，給我帶來閱讀與想像的刺激。各位讀者如果留意一下，會發現在他的小說中，都有一個類似的現象，就是結局往往不是一個對抗式的終局，一種善惡誓不兩立，以消滅魔鬼爲最終目標的故事——這比較是屬於成人恐怖片的模式，不是你死，就是人類全部變殭屍。但「雞皮疙瘩系列」中，你的雞皮疙瘩起來了，可是結尾的時候，鬼並不是死了，而是類似遊戲一樣，這些鬼換了另一種角色，而且有下一場遊戲又要繼續開始的感覺。

礙於閱讀的樂趣，我無法在此對故事結局說太多，但各位看完小說時，可以再回想我在這裡說的，就知道，「雞皮疙瘩系列」跟遊戲之間，的確有類似性。換另一個角度來看，這些主角大多爲青少年，他們在生活中碰到的問題，如搬家面對新環境、男生女生的尷尬期、霸凌、友誼等，都在故事過程一一碰觸。

「雞皮疙瘩系列」令人愛不釋手的原因，也在於表面上好像主角是鬼，但讀到一半，你會感覺到，故事的重點不知不覺地從這些鬼怪轉移到那些被追的青少年身上，鬼可不可怕不是重點，重點是被追的過程中，一些青少年生活中的苦悶，也被突顯放大，甚至在故事中被解決了。所以你會在某種程度感受到，這本書的內容是在講你，在講你的生活，在講你的世界，鬼的出現，只是把這些青春期的事件給激化了。

另一個有趣的現象，是從日常生活轉入魔幻世界的關鍵點，往往發生在父母不在身邊，然後主角闖入不熟識空間的時候——比如《魔血》是主角暫住到姑婆家、《吸血鬼的鬼氣》是闖入地下室的祕道、《我的新家是鬼屋》是新家的詭異房間……等等。

因爲誤闖這些空間，奇怪的靈異事件開始打斷平凡無趣的日常軌道，一段冒險展開了，一場你追我跑的遊戲開始進行，而父母們往往對此毫無所悉，不知道自己的兒女在故事結束時，已經有所變化，變得更負責任，更勇敢。

「雞皮疙瘩系列」的意義，也在這個地方。在平凡無奇充滿壓力的青春期校園生活中，有那麼多不快樂、有那麼多鬼怪現象在生活中困擾著我們，但這無法跟家長說，因爲他們不能理解，他們看不到我們看到的。但透過閱讀，透過想像力所引發的鬼捉人遊戲，這些不滿被發洩，這些被學校所壓抑的精力被釋放了。

幸好有這些鬼怪的陪伴，日子不再那麼無聊，世界可以靠自己的力量改變。

終究，在青少年的世界裡，鬼怪並不是那麼可怕，在史坦恩的小說中，也往往會有主角最後拯救了這些鬼怪的情形，彷彿他們不是惡鬼，而比較像誤闖人類世界的外星人……這也是青少年的焦慮，他們正準備降臨成人世界，這件事讓他們起了雞皮疙瘩！！

這句英文怎麼說

舉世聞名。
World-famous.

1.

此時此刻，我正潛在兩百英呎深的海底裡。

我正在進行此生中最重要的一次獵捕行動，就是獵捕那隻「大白貂」。

海岸巡防隊的傢伙是這麼稱呼牠的。可是，我都管牠叫「喬」。

那隻大貂魚已經咬傷十個在海邊游泳的人了。人們根本就不敢踏進水裡一步，整個海岸附近瀰漫著一股駭人的氣氛。

因此，他們寫了封信跟我求救。

馬利蘭州巴爾的摩　威廉·迪普二世　收

對啦，威廉·迪普二世，那個舉世聞名，年僅十二歲的深海探險家，海裡各種疑難雜症的終結者，就是我！

後來，我捉到那隻「大白貂」的消息，震驚了整個麥托海濱區。因爲我證明了「大白貂」其實並沒有那麼「大」！

我曾打敗過一隻吃掉整個加州冠軍風帆隊的大章魚，讓牠束手就擒。

我還曾讓那條令整個邁阿密聞之色變的電鰻，成爲我的手下敗將。

然而現在，我正面臨著人生中最重大的一次挑戰，就是「喬」，那隻「大白貂」。牠正埋伏在深海裡某個不知名的地方。

我有全套的裝備：潛水衣、蛙鞋、潛水面罩、氧氣筒、還有一把毒標槍。我耐心的等待……在那個大蚌殼後面，是不是有什麼東西在動？

我拿起毒標槍，準備展開一場激烈的戰鬥。

突然，我的面罩起霧了，眼前變得一片模糊。

我無法呼吸了。

我拚命的吸氣，可是就是吸不到任何空氣。

我的氧氣筒！一定是有人故意把它弄壞了！

可是已經沒有時間了。我是在兩百英呎深的海底，而且還沒有空氣！我得趕

這句英文怎麼說

她終於注意到我了。
Finally she noticed me.

快浮出海面。快！

我奮力的用腳打水，好讓自己能浮出海面。我屏住氣，覺得整個肺好像要爆炸了。我漸漸失去了力氣，整個人感到頭昏眼花。

我能不能成功的脫離險境？還是會死在海底，變成那隻大白貂——喬的晚餐？

一陣惶恐有如潮浪般湧上心頭。我透過蛙鏡想要尋找我的潛水夥伴。在我最需要她的時候，她跑到哪裡去了？

終於，我看到她往海面靠船的地方游了過去。

救我啊！救我啊！我快沒氣啦！我瘋狂的揮著手，想要叫住她。

她終於注意到我了。只見她很快的向我游來，拖住我癱得軟趴趴的身子，游出海面。

我扯開面罩，用力吸了一大口氣。

「你到底是怎麼搞的啊？大潛水家？」她對著我大叫，「難不成被水母螫到啦？」

我的夥伴眞的是非常的勇敢，在這麼危急的時刻還會說笑。

「沒有空氣。有人……切斷……氧氣筒……」我上氣不接下氣的說。

話才說完，眼前變得一片漆黑。

我昏倒了。

這句英文怎麼說

我的夥伴把我從海裡救了出來。
My diving partner shoved my head back under the water.

2.

我的夥伴把我從海裡救了出來。等我一睜開眼睛，就忍不住口沫橫飛的說個不停。

「比利，算我求你好不好？」她說：「你可不可以在潛水的時候，別像個傻瓜一樣動也不動？」

我深深的嘆了口氣。唉！她真是無趣極了。

其實，我的「潛水夥伴」就是我妹席娜。事實上，我根本就不是什麼深海探險家威廉．迪普二世，那都是我掰出來的。

就算是我掰出來的吧！可是席娜都不肯配合我裝裝樣子，連一次也不願意。裝一下又不會怎麼樣？

威廉．迪普二世是我的真名沒錯，不過大家都管我叫比利。我今年十二歲——我之前好像已經說過了喔。

席娜今年十歲，她和我長得很像。我們都有一頭直直的黑髮，只是我的比較短，她的頭髮則垂到了肩膀。我們兩個都是瘦排骨，膝蓋跟手肘因此顯得特別大，還有一雙細長的腿。我們的眼珠子都是深藍色的，還有著又濃又密的睫毛。

除此之外，我們兩個一點都不像。

席娜連一點想像力都沒有。在她還很小的時候，就不曾擔心衣櫥裡會不會有怪物什麼的。她不相信有聖誕老人，也不相信有牙仙子。「根本就沒這回事！」她總是這麼說。

我潛到水裡，擰了擰席娜的腿，假裝是在攻擊一隻「超級大龍蝦」！

「住手！」她尖叫起來，並用腳踢我的肩膀，我只好浮出水面吸口氣。

「嘿，你們兩個，小心一點。」我叔叔叫道。

叔叔站在他那艘實驗船——「卡桑卓拉號」的甲板上，盯著游向他的席娜和我。

這句英文怎麼說

根本就沒這回事。
There's no such thing.

我叔叔叫喬治·迪普，可是大家都習慣叫他D博士，就連我爸——他的哥哥也都是這麼叫他的。也許是因爲他長得就像是一副科學家的樣子吧。

D博士長得又瘦又小，戴著一副眼鏡，總是露出嚴肅、沉思的表情。他有一頭棕色的卷髮，後腦勺上有一小塊禿頭。每個人看到他都說，「我敢打賭你一定是個科學家。」

席娜跟我常到卡桑卓拉號找D博士玩。爸媽每年都讓我們來這裡和D博士過暑假，因爲這樣總比整天在家裡無所事事的晃來晃去要好得多。今年夏天，我們的船停泊在加勒比海上，一個叫伊蘭卓亞的小島附近。

D博士是海洋生物學家，他的專長是熱帶海洋生物。他研究熱帶魚類的習性，並試著找出從未被發現過的新海底植物和魚類。

卡桑卓拉號是艘雄糾糾、氣昂昂的大船，差不多有五十英呎長。D博士把船上大部分的空間用來當作實驗室和研究之用，甲板上有個駕駛艙，是用來操控船的地方。他把一艘橡皮救生艇牢牢的綁在右舷，有時會把它綁在甲板的右邊。左邊艙口則吊了一個很大的玻璃水槽。

有時候D博士捉到很大的魚，就會把牠們放進玻璃水槽裡——讓他在研究的那段時間，能夠隨時與牠們接觸，或者是在魚生病、受傷的時候，直接就近照顧。

甲板上其他的地方是開放空間，很適合用來玩躲避球，或是做日光浴。

D博士因爲研究工作的關係，跑遍了世界各地。他還是個單身漢，沒有小孩。他說，每天忙著盯著魚看都來不及了，哪有時間結婚、生小孩？

可是他是個很愛小孩子的人。每年夏天，他都會邀我和席娜來玩。

「你們最好黏在一起別分開喔，小朋友，」D博士說，「還有，不要游得太遠。特別是你，比利。」

他瞇起眼睛看著我。每次他露出那種表情，就是「我是說眞的。」的意思。他從來就沒有瞇起眼睛看過席娜。

「有人通報說，在這附近看到鯊魚。」

「鯊魚！哇！」我大叫起來。

D博士對我皺皺眉頭。「比利，這可不是開玩笑，絕對不可以離開這邊。還有，千萬不要靠近岩礁那兒！」

這句英文怎麼說

不要游得太遠。
Don't swim off too far.

我就知道他會這麼說。

岩礁是個長型的紅色珊瑚礁，離我們停船的地方只有幾百碼而已。自從到了這裡以後，我就好想去那裡探險。

「別擔心我啦，D博士，」我對著他喊道，「我絕對不會惹麻煩的。」

「是喔，你絕對不會惹麻煩。」席娜很不以為然的嘀咕說。

我打算再擰擰這隻可惡的大龍蝦，可是她一溜煙就潛到水裡去了。

「很好。」D博士說，「別忘了，如果你們看到鯊魚鰭的話，千萬要記住，不要劈哩啪拉的游得太快。因為只要一動，反而會引起牠的注意。只要慢慢穩穩的游回船上就對了。」

「我們會記住的。」席娜說。她突然從我身後浮出來，像個神經病一樣把水花濺得四處都是。

我簡直是興奮得快受不了了。我一直都好想看看一隻眞正的、活生生的鯊魚！

當然啦，我曾在水族館裡看過鯊魚。但是那些鯊魚是被捉到了之後，再放進水槽裡的，牠們只會在水槽裡面繞來繞去，根本就傷不了人。

一點也不刺激。

我渴望在海平面上，親眼目睹浮在海面上的鯊魚鰭，然後牠會越游越近、越游越近，直向我們逼來……

換句話說，就是我很渴望冒險。

卡桑卓拉號停在海面上，距離岩礁只有幾百碼的距離。岩礁環繞著一座小島，在岩礁跟小島之間，還有個很漂亮的珊瑚礁湖。

誰也別想阻止我去那個珊瑚礁湖探險！我才不管D博士怎麼說呢！

「來啊！比利，」席娜一邊叫我，一邊調整她的潛水面罩，「我們去看看那群魚！」她用手指著船頭附近波浪上很像是魚群的斑斑點點。

她把潛水吸管放進嘴裡，再把頭浸到海裡游了過去。我跟在她後面，往波浪的方向游去。

沒多久，席娜和我就被幾百隻小小的、會發光的藍色魚群給包圍。

每次在海裡的時候，我都覺得好像是在另外一個世界。我想，只要靠著潛水

這句英文怎麼說

是什麼東西把他們嚇跑了嗎？
Had something scared them away?

吸管呼吸，就可以在海裡跟魚、還有海豚一起生活了。或許過了一段時間之後，我的身上還會長出蹼跟鰭也說不定呢！

那些小藍魚開始游向了遠方，我一路跟在牠們後面。牠們真是漂亮極了！我可不想讓牠們把我拋在後面。

一轉眼，小藍魚不見了。我試著追上牠們，可是牠們游得很快，我根本就追不上。

牠們就這麼消失了！

是什麼東西把牠們嚇跑了嗎？

我四處張望著，一叢海草浮在靠近海面的地方。我看見一個紅色的東西一閃而過。

我往那邊游過去，透過潛水面罩仔細察看。在不到幾碼遠的地方，有一塊形狀崎嶇不平的紅色東西。是紅珊瑚。

喔，糟了！這裡是岩礁，D博士叫我不要游到這麼遠的。

我準備掉頭回去。我知道，我應該要游回卡桑卓拉號了。

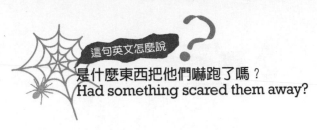

可是我很想留在這裡，小小的探險一番。最後，我還是留下來了。

這個珊瑚礁像是一座紅色的城堡，裡面布滿了海底洞穴和隧道。小魚們不時穿梭其間。這些魚都是鮮黃色和天藍色的。

也許，我可以游到其中一個隧道裡去探險一下，看看它到底有多危險？

突然，好像有什麼東西掃過我的腿。起初我只是覺得有點癢癢的，後來便感到一陣刺痛。

是一隻魚嗎？

我東張西望了半天，卻什麼也沒看到。

我又再次感覺到有什麼東西掃過。

頓時一陣刺痛襲來。

不知道是什麼東西抓住了我的腿。

我再一次環顧四周，還是什麼也沒有。

我的心臟跳得又急又快。我想或許那東西並沒有什麼危險性。可是，我還是很想知道它到底是什麼。

這句英文怎麼說

我嚇呆了。
I froze in fear.

我掉過頭來，奮力朝卡桑卓拉號的方向游回去。

可是，突然有個不明物體抓住我的右腿，而且還緊緊不放！

我嚇呆了！整個人像發瘋似的，使盡所有的力氣用腿踢它。

放我走！放我走！

我根本看不見它——可是卻怎麼樣也無法掙脫。

我死命的踢腿，海水猛烈的搖晃了起來。

恐懼襲遍我的全身，我費了九牛二虎之力才把頭伸出海面，以快要窒息的聲音大聲喊道：「救命呀！」

可是沒有用。

不管那是什麼東西，它一直把我往下拉。

往下拉……拉向海底深處。

3.

「救命啊！」我再次大叫起來。「席娜！D博士！」

我又被拖進海裡去了！好像是某種生物的濕黏觸腳，把我的腳踝緊緊抓住。

當我往海裡下沉的時候，一轉身——我看到了牠。

牠的身體非常巨大，顏色又深又黑。

是一隻海怪！

在劇烈晃動的水中，我看到牠正用一隻巨大的棕色眼睛瞪著我。那隻躺在水裡的獨眼大妖怪，好像一個深綠色的大汽球。牠的嘴巴張得老大卻不出聲，還露出兩排鋸齒狀的尖牙。

那是隻超級大章魚！牠至少有十二隻觸腳！

這句英文怎麼說

爸！媽！我再也看不到他們了！
Mom and Dad! I'll never see them again!

十二隻又長又濕黏的觸腳。其中一隻纏在我的腳踝上，另外一隻觸腳則慢慢的伸向我……不要！

我拚命用手胡亂打水。

我屏住呼吸，在嘴裡含了滿滿一口氣。

我掙扎著想游出海面，可是那個大怪物又把我往下拉。

當我的身體往下沉的時候，令人不敢相信的是，我的一生就像電影畫面一樣，在眼前飛逝而過。

我看到第一天上學那天，當我搭上黃色校車時，爸媽對著我猛揮手的情景。

爸！媽！我再也看不到他們了！

這是什麼死法嘛，我心想。竟然是死在一隻海怪手裡！

絕對不會有人相信的。

眼前的世界開始變得一片血紅。我感到頭昏腦脹，四肢無力。

突然之間，好像有人拉住了我，把我往上拉。把我拉出了水面，把我從那個長腳怪物的手裡救出來。

我一睜開眼，便急著說話，卻不小心嗆到了。

我定睛一看，是D博士！

「比利！你還好嗎？」D博士很關心的仔細端詳著我。

我邊咳嗽邊點頭。我踢踢我的右腿，長腳怪物不見了！

那個黑色妖怪已經不見了！

「我聽到你在尖叫，又看到你拚命用手狂亂的打水，」D博士說，「所以我就從船上盡快游了過來。到底發生什麼事了？」

D博士自己套了件黃色的救生衣，並把一個橡皮救生圈從我頭上套了下來。現在救生圈就在我的手臂下，我可以很輕鬆的浮起來。

剛才在掙扎的時候，我把蛙鞋給弄掉了。不過，潛水面罩跟吸管還吊在脖子上。

席娜游了過來，並浮在我旁邊。

「牠抓住我的腿！」我上氣不接下氣的說，「牠想要把我拉到海裡去！」

「你說什麼要把你抓到海裡去？比利？」D博士問道，「我並沒看到有什麼

這句英文怎麼說

我踢踢我的右腿。
I kicked my right leg.

東西在這附近……」

「是一隻海怪！」我告訴他，「好大的一隻！我感覺到牠又濕又黏的觸腳捉住我的腿……哇！好痛喔！」

不知道是什麼東西咬了我的腳趾頭一下。

「牠又回來了啦！」我嚇得尖聲大叫。

席娜從水裡跳了出來，甩甩她的濕髮，笑了起來。

「是我啦，你這個笨蛋！」

「比利呀，比利，」D博士低聲說，「你真的是想像力太豐富了。」他搖搖頭。

「你差點就把我給嚇死了！求求你——千萬別再這麼做了。你的腿可能只是被海草纏到了，如此而已。」

「可……可是……」我急著想說。

他把手伸進水裡，拉出一把細細長長的綠海草。「這裡到處都是海草。」

「我真的看見怪物了！」我大聲說道。「我看到牠的觸腳，還有牠大大的尖牙！」

「根本就沒有海怪這回事。」席娜說。

哼，她還眞以爲自己是個萬事通哩！

「等我們回到船上去再說吧！」叔叔一面說，一面將手上的海草放回水裡。

「好啦，跟我回去，離這個岩礁遠一點！以後只准在附近游泳。」

他轉身便朝卡桑卓拉號游去。可是，我眞的看到海怪把我拉到岩礁了嘛！岩礁就在我們現在的位置跟卡桑卓拉號的中間。它有個很大的裂縫，我們可以從中間游過去。

我乖乖跟在他們後面，可是心裡卻嘔得不得了。

他們爲什麼不相信我？

我明明看到那個怪物抓住我的腳，才不是什麼爛海草哩！眞的不是我亂掰出來的嘛！

我一定要證明他們是錯的。總有一天，我會找到那隻怪物讓他們瞧瞧！不過，不是今天就是了。

現在我準備要回到安全的船上了。

我趕上了席娜，並大聲對她說，「比賽看誰先游到船那邊。」

「最後到的人，就是被巧克力裹滿全身的笨水母！」她高聲喊道。

席娜最喜歡比賽了。她開始加快速度朝著船的方向游去，但我用手抓住了她。

「等一下，」我說，「這不公平！妳還穿著蛙鞋。把它們脫掉！」

「脫就脫！」她大叫，把蛙鞋脫掉。「船上見啦！」只見她縱身一躍濺起一片水花，揚長而去。

她絕對不會贏的，我決定了。

我凝視著前方的岩礁。

從岩礁游過去是一條比較快的捷徑。

我轉身朝紅色珊瑚礁筆直的游了過去。

「比利！快給我回來！」D博士氣得大叫。

我假裝沒有聽到。

岩礁就在前面，我已經快要到了。

看到席娜就在前方。我使盡吃奶的力氣拚命划水。我知道，她絕對沒有膽子游過岩礁，頂多只敢游到岩礁尾端附近。我要游過去，並且贏過她。

我的手臂突然疼了起來。我從來沒有游得這麼遠過。

我想，或許我可以停在岩礁上，讓手臂休息一下。

我游到了岩礁，轉身一看，席娜現在正游到了岩礁的左方。我確定自己有足夠的時間可以休息一下。

當我踏上紅色的珊瑚礁，便發出驚懼的尖叫！

這句英文怎麼說

我的手臂突然疼了起來。
My arms suddenly began to ache.

4.

我的腳像是被火燒了一樣，一股椎心的痛楚刺進腳裡。

我尖叫一聲，並跳入水中。

當我浮上來的時候，只聽到席娜高聲喊著，「D博士！你快來！」

即使是浸在冰冷的海水裡，我的腳還是痛得發燙。

D博士游到我的旁邊。「比利，又怎麼了啊？」他詢問道。

「我看到他做了一件蠢事。」席娜咧嘴笑著說。

如果我的腳沒那麼痛的話，肯定會打得她眼冒金星。

「我的腳！」我呻吟著。「我的腳一踏上岩礁，就……就……」

D博士拉住他套在我腰上的救生圈。「喔，那當然會很痛囉！」他說，然後

拍拍我的肩膀。「不過，我想你不會有事的。那種灼熱的感覺，一會兒後就會消失了。」

他指著岩礁。「那些亮紅色的珊瑚，全都是火珊瑚。」

「啊？什麼火珊瑚？」我回頭盯著那些珊瑚看。

「你連火珊瑚是什麼都不知道啊？連我都知道呢！」席娜說。

「火珊瑚上面覆蓋著一種很溫和的毒素，」我叔叔繼續說，「當它碰到你的皮膚時，感覺就像是被火燙到一樣。」

爲什麼他現在才告訴我。

「到底有沒有什麼事情，是你知道的啊？」席娜用挖苦的口吻說。

席娜會爲她說過這句話而付出代價的！她一定會的！

「算你運氣好，只是燙傷了腳，」D博士說，「珊瑚可是很銳利的。你有可能會被珊瑚割破腳，而讓毒素跑進血液裡。如果是那樣的話，那你的麻煩可就大了。」

「哼，那算什麼麻煩嘛？」席娜說這句話的口氣，像是恨不得全天下最可怕

這句英文怎麼說

可是海怪就住在那裡！

But that's where the sea monster lives!

的事情，通通會落到我頭上。

D博士的表情嚴肅了起來。「毒素有可能透過血液，流到你的全身。」

「那眞是太好了。」我冷冷的說。

「從現在起，離紅珊瑚遠一點！」D博士警告道。「還有，離那個珊瑚礁湖也遠一點！」

「可是海怪就住在那裡啊！」我抗議道，「我們得回去那裡，我一定得讓你們看看牠！」

席娜的嘴巴一邊浸在藍綠色的海水裡吐著泡泡，一邊用一種很呆板的音調唱了起來：「根本就沒這回事！根本就沒這回事！」這是她超愛說的句子。「根本就沒這回事……對不對，D博士？」

「嗯，我不確定。」D博士深思著回答，「我們並不知道海洋裡所有的生物，席娜。我只能說，還沒有任何一個科學家看過牠們就是了。」

「妳看吧，席——拉。」我說。

席娜對著我潑了一堆水。她最討厭我叫她席拉了。

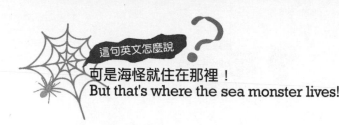

「聽著，孩子們……我是說真的，離這個地方遠一點！或許珊瑚礁湖裡並沒有海怪，但是可能會有鯊魚、毒魚、電鰻，還有各式各樣危險的東西。千萬不要再游到這裡來了。」

他停頓了一下，並對我皺了皺眉頭，像是在確定我有沒有聽進去。

「你的腳怎麼樣了，比利？」他問道。

「好一點了。」我告訴他。

「很好。今天早上已經探險夠了，我們回船上去吧。差不多該吃午餐了。」

我們起程要游往卡桑卓拉號。

當我用腳打水的時候，我又感覺到有東西輕觸著我的腳踝。

是海草嗎？

不是。

那種感覺，就像是有什麼東西輕輕拂過大腿——很像是手指頭。

「住手，席娜！」我氣得大叫。我很快的繞著她游來游去，好讓飛濺起來的水花潑到她臉上。

這句英文怎麼說

牠為什麼要那樣戲弄我？
Why was it teasing me like that?

可是她不在這裡。她根本就不在我這邊。
我看到她從海面上露出了一個頭，游在D博士旁邊。
她根本就不可能搔我癢。
可是，剛才眞的有東西在搔我。
我低下頭往水裡瞧，頓時一股恐懼湧了上來。
那裡到底有什麼東西？
牠爲什麼要那樣戲弄我？
難道牠又打算捉住我，並把我拉到海底，直到永遠？

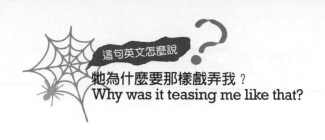

5.

D博士的助手——亞力山大．杜伯，助我們一臂之力，幫我們登上船。

「嘿，我聽到了喊叫聲，」亞力山大說，「你們還好吧？」

「還好，亞力山大，」D博士說，「比利踩到了火珊瑚，不過現在已經沒事了。」

當我爬上梯子時，亞力山大抓住我的手，把我拉上了船。

「哇，比利，」亞力山大說，「火珊瑚耶！我第一天到這裡的時候，也不小心踩到火珊瑚。那時候我整個人頭昏腦脹的，簡直快要昏過去了。你確定你眞的沒事嗎？」

我點點頭，讓他看看我的腳。「現在比較好了。但這還不是最糟的呢！你不

這句英文怎麼說

他看起來一點都不像個科學家。
He didn't look like a scientist.

知道，我剛才差點被一隻海怪吞進肚子裡去！」

「根本就沒這回事！根本就沒這回事！」席娜又唱了起來。

「我眞的看到了！」我堅持著說，「他們都不相信我。但牠眞的在那裡，在珊瑚礁湖那邊，一隻又大、又綠……」

亞力山大笑了起來。「好啦，比利，你說有就有囉！」他邊說著，還對席娜眨眨眼。

我眞想把他也打得眼冒金星。

好個學科學的學生，有什麼了不起的。他懂個什麼？

亞力山大大約二十出頭，但是他不像D博士，他看起來一點都不像個科學家。

他看起來倒是比較像足球選手。他長得非常高大，差不多六呎四吋，而且全身都是肌肉。

他有一頭濃密、鬈曲的金髮和湛藍的雙眼，相當引人注意；他的肩膀又寬又大，還有一雙看起來很有力氣的手。他花了很多時間在大太陽下做日光浴，把自己曬得黑黑的，卻沒有曬傷。

「希望你們都餓了，我做了雞肉沙拉三明治當午餐。」亞力山大說。

「哇，太棒了！」席娜說，眼睛還咕嚕咕嚕的轉著。

船上的伙食大部分都是由亞力山大負責的。他自以爲很會做菜，其實才不呢！我跑到甲板下面的艙房，換下濕透的泳衣。這間艙房是我用來睡覺的小房間，裡面還有個小櫃子可以放東西。席娜的艙房差不多也是這個樣子。D博士跟亞力山大的艙房就比較大，還可以在裡面走來走去。

我們在一個小房間裡用餐，D博士說它是船上的廚房。這裡有固定在船上的餐桌、椅子，還有一個區域是專門用來做菜的地方。

當我走進廚房時，席娜已經坐在餐桌旁了。桌上有個大大的三明治擺在她面前，另外一個是我的。

不過我們對亞力山大的雞肉沙拉三明治，並沒有太大的興趣。因爲昨天晚上我們才吃了一大鍋包心菜，今天早上，他又做了全麥鬆餅給我們當早餐。我的胃早就像鐵達尼號一樣，重得快要沉下去啦！

這句英文怎麼說

我做了雞肉沙拉三明治當午餐。
I made chicken salad sandwiches for lunch.

「妳先吃！」我悄悄的對我妹說。

「不不不，」席娜邊搖頭邊說，「你先吃，因為你年紀比我大。」

我的胃像是在抗議似的叫出聲來。我嘆了一口氣。看來，除了把它吃下去以外，也沒有別的法子了。

我把三明治塞進嘴裡嚼了起來。

一開始，我覺得味道還不壞。一點雞肉、一點美奶滋，吃起來就跟一般的雞肉沙拉三明治沒什麼兩樣。

然後，突然之間我的舌頭感到一陣灼熱，整個嘴巴像是要燒起來似的！

我大叫一聲，一把拿起眼前的冰茶，便往嘴裡灌。

整瓶冰茶都被我喝光了。

「火珊瑚！」我尖叫道，「你把火珊瑚放到雞肉沙拉裡了啊？」

亞力山大笑了起來。「我只是放了點辣椒粉，讓它嘗起來比較有味道。你喜不喜歡？」

「我想，我寧可吃麥片當午餐，」席娜一邊說，一邊把手上的三明治放了下來。

「如果你不介意的話。」

「妳不可以每餐都吃麥片，」亞力山大答道，並皺起了眉頭。「難怪妳瘦得像根竹竿似的，席娜。難道妳除了麥片之外，別的東西都不吃啊。妳的冒險精神跑到哪去啦？」

「我也想吃麥片，」我提心吊膽的說，「只是想換換口味而已。」

這時，D博士走進了廚房。「午餐吃什麼啊？」他問。

「雞肉沙拉三明治，」亞力山大回答。「不過我做的有點辣就是了。」

「是『很』辣。」我警告他。

D博士瞥了我一眼，一邊眉毛還往上揚了一下。「喔，眞的嗎？其實我還不是很餓。或許，我吃點麥片就好了。」

「也許今天晚上我跟比利可以負責做飯，」席娜提議。她把麥片倒進碗裡，又倒了些牛奶。「老是讓亞力山大做飯，對他太不公平了。」

「這眞是個體貼的好主意，席娜。」D博士說。「你們兩個會做什麼菜呢？」

「我知道怎麼用巧克力粉做巧克力蛋糕。」我提議。

這句英文怎麼說

亞力山大便帶著席娜和我去參觀主實驗室。
Alexander led Sheena and me into the main lab to show us around.

「我知道怎麼做奶油軟糖。」席娜接著說。

「嗯，」D博士說，「或許今晚就由我來下廚吧。你們說，吃烤魚好不好？」

「太棒啦！」我開心的叫道。

午餐後，D博士回辦公室去做他的研究。亞力山大便帶著席娜和我去參觀主實驗室。

這個實驗室真的很酷。沿著牆放了三個很大的玻璃水槽，裡面裝滿了各種稀奇古怪、令人驚歎的魚類。

最小的水槽裡有兩隻鮮黃色的海馬，還有一隻深海喇叭魚。深海喇叭魚是一種長得很長、紅白相間的魚，看起來很像是條管子。另外，水槽裡還有很多孔雀魚在游來游去。

另一個水槽裡則有幾隻火紅色的神仙魚，顏色就像是橘紅色的火燄一樣。還有一隻小丑魚，全身布滿了橘、藍相間，如虎紋般的條紋，在水裡有偽裝的作用，可以用來欺敵。

最大的那個水槽裡，有隻很長、長得像蛇一樣的東西。而且牠滿嘴都是尖牙。

「噢！」席娜看到那條很長的魚，露出一副想吐的表情。「看起來好噁心喔！」

「那是黑絲帶鰻。」亞力山大解釋著，「牠會咬人，不過不會咬死人就是了。我們都叫牠『比佛』。」

我透過水槽，對著比佛齜牙咧嘴的扮鬼臉，可是牠根本就不甩我。

我在想，如果今天我是在海裡碰到比佛，不知道會發生什麼事。牠的尖牙看起來很可怕，不過並沒有那隻海怪的那麼大就是了。我猜威廉．迪普二世，那個全球知名的海底探險家，只要三兩下就可以把牠解決掉。

我轉身離開玻璃水槽，走到儀表板前面，目不轉睛的盯著那些按鈕跟指針盤。

「這是做什麼用的？」我問，並按下了一個按鈕。突然間警鈴聲大作，大家都被嚇了一跳。

「你按到警鈴了。」亞力山大笑著說。

「D博士告訴過比利，在沒有得到允許之前，絕對不能亂摸任何東西。」席

這句英文怎麼說

閉嘴！
Shut up!

娜說。「他說過幾百次了，比利從來不聽。」

「閉嘴！席——拉！」我頂回去。

「你才給我閉嘴！」

「嘿，沒事、沒事。」亞力山大說，還舉起雙手，示意我們兩個冷靜一下。「反正也沒出什麼狀況嘛！」

我轉身看著儀表板。大部分的指針盤都是開著的，而紅色的指針都指到了底。我注意到其中一個指針盤是黑色的，不過它的指針還是紅色的就是了。

「這是做什麼用的？」我指指那個黑色的指針盤，「你好像忘了把它打開。」

「喔，那是用來控制南森瓶（註）的，」亞力山大回道。「不過已經壞掉了。」

「什麼是南森瓶啊？」席娜問道。

「它用來放置從海底採集到的海水樣本。」亞力山大說。

「爲什麼不把它修好呢？」我問。

「因爲我們沒錢修。」

「怎麼可能？學校不是有給你們經費嗎？」席娜疑惑的問他。我們知道D博士的研究經費，是俄亥俄州的一所大學提供的。

「他們是給了我們一些錢，」亞力山大解釋道，「可是差不多都用光了。我們還在等，看他們是否願意再多給一點。不過在這之前，我們沒有多餘的錢可以修東西。」

「如果卡桑卓拉號或其他東西壞掉的話，那怎麼辦？」我問。

「我想，我們只好把她停在碼頭一陣子囉！或是想其他法子去弄更多的錢。」亞力山大說。

「啊，」席娜叫出聲來，「如果眞是這樣的話，那以後我們暑假就不能來玩了！」

我眞不敢想像，如果卡桑卓拉號再也不能出海，只能停靠在碼頭會是什麼景況。我更不敢想像，如果D博士被困在陸地上，再也不能研究魚類，又會是什麼模樣。

如果叔叔被迫得待在陸地上，那眞是全天下最可悲的事了！我知道，除非在船上，否則他是不可能會快樂的。因爲有一年耶誕節，他就是待在陸地上並在我

這句英文怎麼說

他簡直變了個人。
He just was't himself.

們家過節。

大部分跟D博士相處的時候，是件很有趣的事。不過那年耶誕節跟他在一起，簡直就是一場惡夢！

D博士整天在家裡晃過來晃過去。他老是對著我們大呼小叫，指揮來指揮去，像個船長似的。

「比利，挺胸坐好！」他對著我吼道。

「席娜，去拖地！」

他簡直變了個人。

終於，在耶誕節的前夕，我爸再也受不了了。他要D博士收斂一點，否則就要請他滾蛋。

後來D博士泡在浴缸裡玩我的舊玩具船，度過了他耶誕假期中最快樂的時光。只要他浸在水裡，就會比較正常。

我再也不想看到D博士被困在陸地上了。

「別擔心，孩子們，D博士總會有辦法解決的。」亞力山大安慰我們。

我希望亞力山大是對的。

我發現另外一個很奇怪的儀器，上面寫著「聲納探測器」。

「嘿，亞力山大，」我問他，「你可不可以告訴我，這個聲納探測器要怎麼用啊？」

「沒問題，」他說，「可是得先讓我忙完手邊幾件雜事。」亞力山大走到了第一個水槽邊，用一只小網子撈出幾條古比魚，然後問我們，「今天誰想餵比佛吃東西啊？」

「我才不要咧！」席娜說，「好噁心！」

「別動我的腦筋！」我一邊說，一邊走到窗子前向外眺望。

我聽到外面有馬達聲轟隆作響。平常我們很少在這附近看到其他船隻，因爲通常不會有人經過伊蘭卓亞島。

一艘白色的船軋軋響著，駛向卡桑卓拉號。它看起來比我們的船小一點，不過比較新，船身上還印了「海上動物園」的標誌。

有一男一女站在那艘船的甲板上。他們倆穿著整整齊齊的卡其褲，及領尖釘

這句英文怎麼說

我才不要待在這裡。
I'm not going to stay here.

有紐扣領圈的襯衫。男人理了一頭整齊的短髮，女人的棕髮則是全部往後梳成馬尾，手上還提了個黑色公事包。

那個男人向卡桑卓拉號揮揮手。

我想，他一定是在跟D博士打招呼吧。

席娜、亞力山大和我一起站在窗子前看著他們。

「他們是誰啊？」席娜問。

亞力山大清清喉嚨說：「我最好出去看看是怎麼回事。」他把裝在網子裡的古比魚遞給席娜，「拿著，記得要餵比佛。我等一下就回來。」

他很快的離開了實驗室。

席娜看著在網子裡扭來扭去的古比魚，扮了個鬼臉。「我才不要待在這裡，看著比佛吃掉這些可憐的古比魚呢！」她把網子往我手上一塞，一溜煙就跑出實驗室了。

我也不想看著比佛吃掉這些可憐的小魚啊！可是，我也不知道該拿牠們怎麼辦才好。

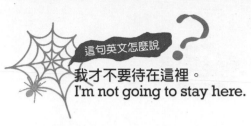

我很快的把古比魚倒進比佛的水槽裡。那隻鰻魚的頭很快往前一伸，用尖牙咬住了一隻古比魚，古比魚就不見了。緊接著，比佛又捉起另外一隻魚吃了起來。牠吃得可眞快。

我走在狹窄的走道上，決定到甲板上透透氣。不知道今天下午D博士會不會讓我去浮潛？

如果他讓我去的話，或許我可以游到珊瑚礁湖那裡，看看能不能找到海怪的蹤跡。

你問我怕不怕？

我當然怕。

可是，我決定要向我妹和D博士證明，我沒有瘋！

海怪不是我掰出來的！

當我經過D博士辦公室的時候，聽到他們說話的聲音。我想是D博士、亞力山大和那兩個從動物園來的人在裡面。

我走到門口停了下來。我發誓，我不是故意要偷聽他們的談話。可是，從動物園來的那個男的聲音那麼大，我不想聽都不行。

而且他說的話，是我這輩子聽過最震驚的事情了。

「我不管你怎麼做，」那個男人大聲的說：「反正你想辦法找到那隻美人魚就是了。」

這句英文怎麼說？

我沒有瘋。
I wasn't crazy.

註：Nasnen bottle 南森採水樣器。一種採集預定深度水樣和固定顛倒溫度錶的器具。又稱顛倒採水器、南森瓶。是十九世紀挪威著名的探險家南森（F. Nansen，1861-1930）所發明。

6.

美人魚！

他是說真的嗎？

我簡直是不敢相信。

他要我叔叔去找一隻真的、活生生的美人魚？

如果席娜知道的話，一定又會開始唱起來：「根本就沒這回事！根本就沒這回事！」

但是，這可是一個大人，一個替動物園工作的人在說美人魚耶！這一定是真的！

我興奮得要命，心臟跳得又快又急。我想，也許我是這個世界上，第一個能

這句英文怎麼說

威廉·迪普二世，知名的海底探險家！
William Deep, Jr., the famous sea explorer!

夠親眼目睹美人魚的人啦！

後來我又有個更好的主意：如果我是世界上第一個發現美人魚的人呢？我會變得大大的有名！我會上電視、上所有的媒體！

威廉·迪普二世，知名的海底探險家！

聽到這件事後，我就再也捨不得離開了。我得再多聽聽關於美人魚的事！

我屏住呼吸，把耳朵貼著門，繼續聽下去。

「休華特先生、惠克曼小姐，請你們要瞭解，」我聽到D博士對他們說，「我是個科學家，不是馬戲團的馴獸師。我是在從事很嚴肅的工作，沒有時間去找那種神話故事裡的東西。」

「我們是很認眞的，D博士。這裡的確有美人魚，若要說誰有本事能找到她的話，肯定非你莫屬了。」惠克曼小姐說。

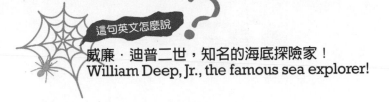

我聽到亞力山大問他們，「你們憑什麼認爲，這裡眞的有美人魚？」

「附近島上的一名漁夫看過她，」動物園來的那個男的回答道，「那個漁夫說他靠得很近，非常確定是隻眞正的美人魚，就在岩礁那邊——靠近伊蘭卓亞島的岩礁。」

那個岩礁！或許美人魚就住在珊瑚礁湖裡面！

我把身體向門貼得更近一點。我可不想錯過他們說的每一句話。

「有些漁夫是很迷信的，休華特先生。」我叔叔冷冷的笑著說，「這類事已經不知道傳了多少年了……根本就不足爲信。」

「我們一開始也不相信那個漁夫的話，」那個女人說，「可是，後來我們問了附近好幾個漁夫，他們也都表示曾經看過美人魚，所以我們判斷這次應該是眞的。而且，他們對那隻美人魚的描述，就連細節都一模一樣。」

我聽到叔叔的椅子發出咯吱咯吱的聲音，他一定是坐在椅子上，然後把整個身體往前傾著。

叔叔接著問，「那麼，他們是怎麼形容那隻美人魚的？」

「他們說，那隻美人魚看起來就像個年輕女孩，除了……」休華特先生清清喉嚨，又繼續說，「除了多長了一條尾巴之外。她的個頭很小，看起來很優雅，還留著一頭長長的金髮。」

這句英文怎麼說

我錯過了什麼嗎？
Was I missing something?

「他們還形容她的尾巴是鮮綠色的，看起來閃閃動人。」那個女的接著說。「D博士，我知道，這聽起來實在是很不可思議。可是當我們與這些漁夫談過了之後，我們相信，他們確實是看到了美人魚！」

突然間，房間裡一陣靜默。

是我錯過了什麼嗎？我把耳朵緊貼著門，聽到叔叔問，「那麼，你們是爲了什麼原因，想要捉到美人魚呢？」

「當然啦，一隻眞正的、活生生的美人魚對我們動物園來說，肯定會是非常大的賣點。」那個女的回答道。「全世界的遊客都會跑來看她，海上動物園也可以趁這個機會發大財。」

「我們準備付你一大筆錢，幫助你度過難關。」休華特先生對我叔叔說。「我知道你已經把錢都用光了。如果學校方面不肯再資助你，那你怎麼辦？如果是因爲沒錢的緣故，讓你被迫中斷研究工作，實在是太可惜了。」

「海上動物園願意付你一百萬美金，」那個女的接著說。「如果你找到了美人魚，我敢說你可以用這筆錢，繼續經營你的實驗室很長一段時間。」

一百萬美金！D博士不至於會跟這麼多錢過不去吧？

我的心臟因興奮而噗通噗通的跳得好快。我緊緊貼著門，神經緊繃的聆聽著裡面的對話。

叔叔會怎麼說呢？

這句英文怎麼說

我敢保證，我們一定會好好照顧她。
I promise you we would take excellent care of her.

7.

我緊倚著門，聽到D博士低聲吹起口哨來。「那可是很大一筆錢喔，惠克曼小姐。」

經過很長的一段沉默之後，他又繼續說，「不過，即使眞的有美人魚，我也不認爲該把她捉起來放進動物園裡變成展示品。」

「我敢保證，我們一定會好好照顧她！」休華特先生接腔。「像我們動物園裡的海豚跟鯨魚都被照顧得很好，如果是美人魚的話，當然更會特別照顧她。」

「而且D博士，你要知道，」惠克曼小姐說，「如果你不願意的話，會有別人願意的。更何況，我們可不能保證，其他人會像我們一樣好好的照顧美人魚。」

「或許你們說的對。如果能找到她的話，當然會對我的研究有很大的幫助。」

我聽到叔叔回答。

「所以，你願意囉？」休華特先生高興的問。

快說好啊，D博士！我心想。說你願意啊！

我整個人都趴到門上去了。

「好！如果真的有美人魚的話，我會找到她的！」叔叔這麼回答。

太棒啦！

「好極了。」惠克曼小姐說。

「非常明智的決定，」休華特先生興奮的又加了一句，「我就知道我們找對人了。」

「我們幾天後會再回來，看看你的計畫進行的如何。希望到時候會有好消息。」惠克曼小姐說。

「可是時間太短了。」是亞力山大的聲音。

「我們瞭解，」惠克曼小姐說，「可是我想，你們還是越早找到她越好。」

「還有，拜託……」休華特先生說，「這件事你們絕對要保密，千萬別讓任

這句英文怎麼說

我就知道我們找對人了。
I knew we had come to the right man for the job.

何人知道。如果有別人知道的話，你們可以想見事情會變得……」

砰！

我一下子失去了平衡，往門上一撞。

我嚇了一大跳，因為門竟然被我撞開了，而且，我還整個人跌進了房間裡。

8.

我重重的跌進了房間地板的正中央。

D博士、休華特先生、惠克曼小姐，還有亞力山大，全都張大了嘴目瞪口呆的看著我。我想，他們應該沒料到我會突然造訪吧？

「呃……嗨，大家好。」我低聲說道。我感覺到臉上一陣灼熱，一定是臉紅得發燙了。「眞是個捉美人魚的好日子啊！」

休華特先生氣得直跳腳。他忿怒的瞪著我叔叔。「這件事應該要保密的！」

亞力山大穿過房間大步朝我走來，並把我扶了起來。「不用擔心比利，」他一邊說，一邊用手臂環住我，像是要保護我似的。「你們可以相信他。」

「我眞的感到非常抱歉。」D博士告訴他的訪客：「他是我侄子——比利．

這句英文怎麼說

你們可以相信他。
You can trust him.

迪普。他和他妹妹來這裡玩幾個星期。」

「他們眞的能保守祕密嗎？」惠克曼小姐問。

D博士轉身凝視著亞力山大，亞力山大點點頭。

「是的，我確定他們不會說出去的。」D博士回答他們。「比利絕對不會說出去的。對不對，比利？」

D博士瞇起眼睛凝視著我。我眞的很討厭他這樣子看我，可是在這個節骨眼上，實在不能怪他。

我只好拚命點頭。「對，我絕對不會告訴任何人，我發誓。」

「爲了保險起見，比利，千萬不能跟席娜提起這件事。她年紀還小，不可能守得住這麼大的祕密。」D博士說。

「我答應你。」我鄭重的回答，還舉起我的右手，像是在宣誓。「我絕對不會跟席娜透露半個字！」

這眞是太酷啦！

現在我知道全世界最大的祕密了——而席娜卻什麼也不曉得！

從動物園來的那對男女互相交換了個眼神。我看得出來，他們對我還是不太放心。

亞力山大接著說，「你們眞的可以相信比利。就這個年紀的小孩而言，他算是很認眞的。」

我心想，我當然很認眞！

本人可是威廉．迪普二世，舉世聞名的獵捕美人魚專家耶！

休華特先生和惠克曼小姐好像放心了一點。

「好吧！」惠克曼小姐說。她跟D博士、亞力山大，還有我握握手。

休華特先生整理了一下資料，把它們放進公事包裡。

「那麼，我們幾天後見了。」惠克曼小姐說。「祝你們好運！」

幾分鐘之後，看著他們的船轟隆轟隆的開走。我心想，我才不需要什麼好運呢！

我根本就不需要好運，因爲我有很棒的技術，還有過人的膽識！

我的腦海裡出現了許多令人興奮的主意。

這句英文怎麼說

我知道我會在這裡找到她。
I knew I would find her here.

等我徒手捉到美人魚之後，要不要讓席娜跟我一起上電視？我看還是算了。

當晚，我偷偷溜下了船，潛進漆黑的海水裡，悄悄的游向珊瑚礁湖。我回頭凝視著卡桑卓拉號。她安靜的停在那裡，窗子裡看上去漆黑一片。很好！沒有人醒來注意到我跑掉了。沒有人知道我已經在這邊了。沒有人發現我獨自一個人在黑夜裡游泳。

在銀白色月光的照耀下，我繞著岩礁，平穩而輕鬆的游著，然後游進了漆黑的珊瑚礁湖。

當我游經岩礁的時候，放慢了速度。

我的目光熱切的在珊瑚礁湖附近四處打量。海浪輕柔的拍打在我的身上，海面上像是有幾百萬顆鑽石般閃閃發亮。

美人魚在哪裡呢？

我知道她就在這裡。我知道我會在這裡找到她。

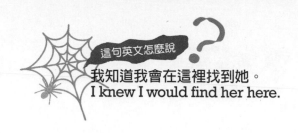

突然間，我聽到海底下發出了一陣低沉的隆隆聲。

我極力傾聽。那個聲音起先很幽微，幾乎聽不太清楚，漸漸的越來越大聲。

當那個聲音變得像是在嘶吼的時候，海浪開始不停的翻攪起來。

海水有如地震般的劇烈搖晃。是海底地震！

海浪像是在翻筋斗似的猛烈翻騰著。

我努力讓自己浮在海浪上面，才不會被捲進去。

究竟是怎麼回事？

突然間，從珊瑚礁湖中間冒出了一個大浪。它往上升得好高、好高，就像是個超級大噴泉一樣！

它越升越高，高過了我的頭頂。就像一棟大樓那麼高！

這是海嘯嗎？

不是。

頓時，那個大浪被打碎了。

一隻黑色的大怪物從海浪下竄了出來！

這句英文怎麼說

我想要掉頭游開。

I tried to turn and swim away.

海水從牠怪模怪樣的身體四周滑落而下。牠用那隻獨眼惡狠狠的盯著我，蠕動的觸腳不斷的扭來扭去，並伸展成一個大字型。

我嚇得尖叫起來！

怪物用牠那隻沾滿泥巴的棕色眼睛，對我眨眨眼。

我想要掉頭游開。

可是那隻海怪的動作實在是太快了。

牠觸腳一伸——攔腰把我牢牢抓住。

另一隻濕黏、冰冷的觸腳勒住了我的脖子，而且越勒越緊……

9.

「我……我快不能呼吸了！」我試著讓自己不要窒息。

我用力拉開纏在脖子上的海怪觸腳。

「救命啊——來人呀！」

沒想到我一睜開眼，發現自己正盯著天花板看。

我躺在自己艙房的臥鋪上，床單還緊緊的裹著我的身體。

我深吸了一口氣，試著讓心臟別跳得那麼快。搞了半天，原來是一場夢啊！

原來只是一場夢而已。

我揉揉眼睛，從床上爬起來望向窗外。太陽才剛剛升上地平線，天空還微微泛著清晨特有的紅色。海水則透著朦朧的紫色。

這句英文怎麼說

我迅速穿上我的泳衣。
I slipped into my bathing suit.

我透過窗子往外看著那個岩礁及珊瑚礁湖。它們都還好好的在那裡，根本就看不到什麼海怪。

於是我鬆了口氣，用睡衣的袖子擦了擦前額的汗水。

什麼也不用怕！我告訴自己。那只不過是個夢而已，一個惡夢罷了。

我搖搖頭，試著把海怪的事情忘掉。

我可不能讓牠嚇著我！這件事絕不能阻止我去找美人魚！

有人醒了嗎？我在睡夢中有沒有大聲尖叫？

我側耳仔細聆聽，只聽到船的引擎聲嘎嘎作響，還有海浪拍打船身的聲音。

早晨粉紅色的陽光讓我振奮起來。深邃的海水像是在邀請我去探險。

我迅速穿上我的泳衣，偷偷摸摸的溜出房間。我可不希望被別人發現。

走到廚房時，我看到有半壺咖啡放在咖啡機上保溫。這表示D博士老早就起床了。

我躡手躡腳的站在走道上，想聽聽看有什麼聲音。這時，我聽到D博士在主實驗室裡無精打采的踱來踱去。

我拿了潛水吸管、蛙鞋、還有面罩，便溜到甲板上。沒有人在那裡。

太好了！這下子可沒有人會阻擋我啦！

我悄悄爬下梯子潛到海裡，往珊瑚礁湖的方向游去。

我知道自己這樣子偷偷跑掉，實在是很瘋狂。可是我實在是太興奮了！這比在白日夢裡想像自己是威廉．迪普二世，那個海底探險家，要酷多了！我從沒想到自己竟然可以親眼目睹一隻眞正的、活生生的美人魚！

當我一邊游向珊瑚礁湖時，一邊想像那隻美人魚會是什麼樣子。

休華特先生說，她像個留著金色長髮、還長著一條綠色尾巴的年輕女孩。長得還眞怪呢！我心想。

一半長得像人，一半長得像魚。

如果我的兩隻腳變成一條魚尾巴，不知道會怎麼樣？

如果我有尾巴的話，大概會是全世界游得最快的人了！而且根本不用練習，就可以拿下奧運金牌。

不知道她長得漂不漂亮？還有，不知道她會不會說話？我希望她會。因爲這

這句英文怎麼說

這將是我輩子最偉大的冒險。
This is going to the greatest adventure of my life.

樣一來，她就可以告訴我很多關於海底的祕密了。

我很好奇，她在海裡要怎麼呼吸啊？還有，她腦袋裡的想法究竟是像人？還是像魚？

我有好多問題想知道喔。

我想，這將是我這輩子最偉大的冒險了。等我變得很有名以後，我一定要寫一本書，暢談我的海底冒險經歷，書名就叫做《深海裡的勇氣》，作者是威廉·迪普二世。也許還會有人把它拍成電影呢！

我抬起頭來一看，發現自己已經很靠近岩礁了。我集中注意力，讓自己離它遠一點。我可不要再碰到什麼火珊瑚了。

我迫不及待的想去那個珊瑚礁湖探險。因爲太興奮，所以根本就忘了昨晚做的惡夢。

我小心翼翼的打水，仔細的打量著那個紅珊瑚。當我快要從岩礁游開的時候，突然感覺到有什麼東西掃過我的腿。

「完了！」我大叫一聲，不小心吞了一大口海水。

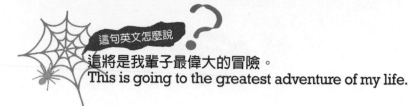

我被嗆得差點窒息，我感覺到有什麼東西抓住我的腳踝！

當牠抓住我的時候，還抓傷了我的腳踝。

這次我很確定，那絕對不是什麼海草。

因爲海草不會有爪子！

這句英文怎麼說

我又沒抓你抓得那麼用力！
I didn't scratch you that hard!

10.

我努力按捺住自己驚慌失措的情緒，奮力對牠又踢又打。

「別打了啦！別再踢了啦！」有人哭叫起來。

是那隻美人魚嗎？

「喂——！」當席娜的頭突然出現在我旁邊時，我氣得大叫起來。

她拉下了潛水面罩。「我又沒抓你抓得那麼用力！」她啪的一聲打了我一下，

「你幹嘛那樣踢我！」

「妳跑到這裡做什麼？」我大聲問她。

「那你跑到這裡來做什麼？」她不太高興的質問著。「你明知道D博士叫我們不要到這邊來的。」

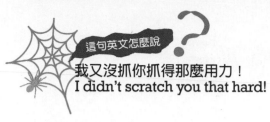

「如果是這樣的話，那妳也不應該來囉——對不對？」我高聲說。

「我猜你在找什麼東西，所以就一路跟來了。」席娜一邊說，一邊調整臉上的潛水面罩。

「我沒有在找什麼啊，」我對她扯謊，「我只是跑出來潛水罷了。」

「是喔，比利，你只是喜歡早上六點半就跑出來潛水——雖然你從來就沒有這麼早起來過，而且你昨天才被火珊瑚燙傷了腳。如果你不是在找什麼的話，就是你已經瘋了！」她斜眼看著我，等著我回答。

怎麼辦呢？我是要承認在找什麼東西？還是要承認自己瘋了？

如果我承認自己是在找什麼的話，那就得告訴她關於美人魚的事了——可是我不能這麼做。

「好吧！」我聳聳肩，然後對她說，「我想我是瘋了。」

「唷，你居然會承認自己瘋了耶，眞是稀奇！」她用挖苦的口吻咕噥著。「回船上去吧，比利。D博士正在找我們呢。」

「妳自己回去，我還要在這邊待一會兒。」

這句英文怎麼說

我想我是瘋了。
I guess I'm crazy.

「比利，D博士一定快氣瘋了。我猜他已經坐在救生艇上氣得跳腳，準備要來找我們了。」

我本來已經決定要放棄，跟著席娜一起回去了。然而這時在岩礁的另一頭，突然濺起一大片水花。

一定是美人魚！我想。

那一定是她！如果我現在不去，可能就再也找不到她了！

我轉身離開席娜，很快的往岩礁的方向直直游去。

席娜在後面大聲叫道：「比利！你給我回來！比利！」

我聽得出席娜的叫聲裡充滿了恐懼，可是我不想理她。我想，她是故意這樣子想嚇唬我。

「比利！」席娜又大聲叫了起來。「比利！」

我繼續往前游。我現在才不要放棄呢！

但是當那個怪物出現時，我後悔了起來，那時為什麼不肯聽席娜的話？

11.

我一面快速游著，一面把頭抬起來四處張望，想找出一個最安全的路線，好游過火珊瑚。

一個大浪花飛濺起來，就在珊瑚礁湖的那一邊，靠近海岸那裡。

那一定是美人魚！一想到這裡，我又興奮了起來。

我極目四望，努力想要尋找她的蹤影。這時，我看到一個很像魚鰭的東西。

我游過岩礁，直往珊瑚礁湖裡深邃寧靜的水裡游去。我一心一意想要找到那隻美人魚，可是就在這個時候，潛水面罩竟然起霧了，眼前變得一片模糊。

可惡！潛水面罩居然在這個節骨眼裂開了！

我浮出海面，拉掉潛水面罩，吸了一口氣。希望不會因此把美人魚給跟丟了

這句英文怎麼說

那一定是美人魚！
That's got to be the mermaid.

才好。

我擦擦眼睛上的水珠，把潛水面罩掛在手腕上，睜大眼睛往珊瑚礁湖望去。

這時，隔著幾百碼遠的距離，我看到了牠。

不是那個長著綠尾巴的美人魚。

我看到一個灰白色的三角型魚鰭，直挺挺的豎立在海面上。

那是一隻鐵鎚鯊的魚鰭！

我眞的是嚇壞了！只能動也不動的盯著牠看。只見魚鰭突然沒入水中，像個魚雷似的，朝我直逼而來……

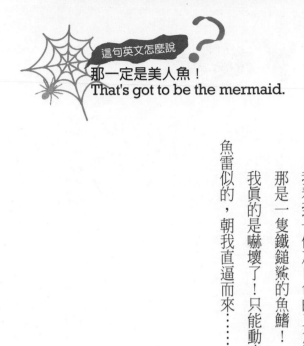

12.

席娜跑到哪裡去了？

她是不是還跟在我後面？

我回頭一看，只見她快速的往船游去，已經離我好一段距離。

當那灰色的魚鰭疾速朝我逼近時，我早就忘了席娜。

我拚命的用手划水，想趕快游開。

但是當那隻鯊魚從我身旁游過時，我停了下來。

牠會不會離開？

牠會不會把我一個人留在這裡？

我緊張的幾乎心臟都要跳出來了！我掉頭往另一個方向朝著岩礁游去。

這句英文怎麼說

我密切注意著那隻鯊魚的動向。
I kept my eyes on that fin.

我密切注意著那隻鯊魚的動向。

牠轉身繞了個很大的彎，向我游過來。

「完了！」當我發現牠是在繞圈子的時候，不禁害怕的呻吟起來。

此刻的我根本就無處可逃。那隻鯊魚在我和卡桑卓拉號之間不停的徘徊。如果我回過頭游到岩礁那邊，或許會比較安全一點。

那個大大的鯊魚鰭離我更近了。我很快的鑽進水裡，往岩礁的方向游去。我想，我得離牠更遠一點！

沒想到，那隻鯊魚竟突然出現在我眼前，擋在我跟岩礁之間。

牠一直繞著我打轉，而且離我越來越近，游得也越來越快，繞著我游的圈子變得越來越小。

我被困住了！

我不能坐以待斃，不能只是漂在這，等著鯊魚來把我吃掉！

我要和牠拚了！我慌亂的用腳踢水朝岩礁游去。

現在我離岩礁越來越近了。但是鯊魚繞著我游的圈子也越來越小，越來越小……

我嚇得簡直要喘不過氣來，整個腦袋根本就無法思考。我實在是太害怕了，腦海裡不斷的浮現出同樣的字眼：鯊魚！鯊魚！

那兩個字一而再，再而三的在我的腦海裡回盪著。鯊魚！鯊魚！

那隻鯊魚緊緊繞著我游來游去，牠那擺動著的尾巴沙沙作響，還濺得我一身是水。

鯊魚！鯊魚！

我睜大了雙眼驚懼的注視著牠。牠游得很近，我可以很清楚的看到牠。牠的身體很大——至少有十英呎那麼長；牠的頭又寬又醜，很像鐵錘的槌形頭，兩邊各有一隻眼睛。

我聽到自己用顫抖的聲音說道：「不要……不要……」

頓時，一個冰冷的東西掃過我的腿。

鯊魚！鯊魚！

我嚇得胃都要翻過來了。我別過頭去，發出驚懼的尖叫。

這句英文怎麼說

我得到岩礁那裡！
I had to get to the reef.

「啊！」

一陣劇痛刺進我的背脊。

鯊魚用牠的下顎狠狠的頂了我一下，把我整個人撞出了海面，打得海面啪啪作響。

我嚇呆了。

那隻鯊魚看起來很餓的樣子。牠好像很想打一架。

牠又開始繞著我游了起來，繞的圈子越來越小，直向我逼近。這時，牠緩緩張開了嘴巴，我看到牠嘴裡一排排的尖牙。

我聲嘶力竭的高聲喊道：「不要啊！」我真的是快嚇死了，拚命用腳踢牠。

牠銳利的尖牙朝我咬了一口，可是竟然沒咬到我的腿。

岩礁！我得到岩礁那裡！那是我活命的唯一機會！

我往珊瑚礁游去，那隻鯊魚也潛入水中緊跟著我。

我再一次躲過了牠的毒手。

我用手攀住紅珊瑚，雙手立刻感到一陣疼痛。是火珊瑚！

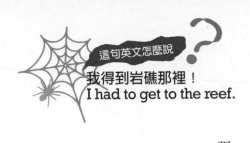

可是，我已經管不了那麼多了！

岩礁的頂部就在海面上！我試著讓自己浮上去，卻感到全身刺痛。

我快要成功了！然後我就安全了！

我用力一蹬，把自己舉上岩礁——卻猛的被拉回水中。我的腹部撞到了岩礁的側邊。我感覺到一種尖銳的刺痛襲進我的腿部。

我想要把腿拉開，可是我辦不到。

鯊魚的下顎已經咬住我的腿。

我嚇得驚聲尖叫。

鯊魚！鯊魚！

牠逮到我了！

這句英文怎麼說

我用力一蹬，把自己舉上岩礁。
With a mighty kick, I hoisted myself onto the reef.

13.

我痛得全身發燙，沉重的往海水深處墜落。
那隻鯊魚知道已經逮到了我。而我也沒有多餘的力氣再打鬥了。
這時，似乎有什麼東西游了過來。
鯊魚鬆開我的腿，迅速向那東西游去。
在我還沒來得及喘口氣前，那隻鯊魚竟然又游了回來，並對我展開了攻擊！
牠張大了嘴巴，正準備游過來把我吃掉！
我緊緊的閉上雙眼，放聲尖叫。
一秒鐘過去了。兩秒鐘過去了。
什麼事也沒發生！

這時，我聽到一個響亮的撞擊聲。

我睜開了眼睛。在我前方幾英呎處，有什麼東西橫在我和鯊魚中間。

我簡直是看呆了！海水因劇烈搖晃而產生一大堆白色的泡泡，一隻又長又亮的綠色魚尾巴從水中升起，把海水打得上下晃動。

有另外一隻魚正在跟鯊魚打架！

那隻鯊魚左右搖擺了一會兒，開始發動攻擊。那隻綠尾巴重重的往鯊魚身上一揮，竟把鯊魚打到海裡去了！

海水搖晃得好厲害，晃得整個海面上都是白色的浪花。我根本看不見發生了什麼事。

我整個人置身在劇烈晃動的海水和白色的浪花裡。在晃來晃去的海浪中，我聽到了一種動物的尖叫聲。

鯊魚是不會尖叫的，不是嗎？我心想。是什麼東西發出來的聲音呢？

那隻鯊魚再度冒出水面，還張大了嘴巴露出滿嘴的尖牙。牠像是想要咬住什麼東西似的，咬了一次、兩次，卻什麼也沒咬到。

這句英文怎麼說

我根本看不見發生了什麼事。
I couldn't see what was happening.

而那個長長的綠尾巴從海裡升起，重重的往鯊魚身上揮下，正好打中了鯊魚的鐵鎚頭。只見那隻鯊魚闔上嘴，漸漸的沉入海面。

然後，我聽到「砰」的一聲，海水便不再晃動了。

下一秒鐘，那個大大的灰色魚鰭便已在好幾碼外的海面上，加速往另一個方向游去。

鯊魚跑掉啦！

我盯著那個綠色的魚尾巴看，只見它在洶湧的黑色海水裡劃出一道弧線。

當海水逐漸恢復平靜，我聽到一陣低沉的歌聲。那聲音像是有人用鼻音低聲的哼唱，非常的美妙，但卻隱隱流露出哀傷。

那很像是鯨魚發出的聲音，可是牠長得可要比鯨魚小得多。

「綠尾巴」轉過身來，然後抬起了牠的頭來。

那是個留著長長金髮的頭。

是那隻美人魚！

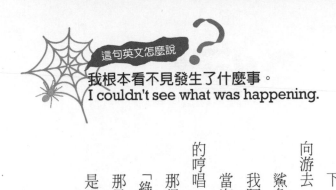

14.

我在水裡載浮載沉的盯著她看，根本就忘了全身有如燙傷般的刺痛。

令我驚訝的是，那隻美人魚長得就跟動物園的人描述的一模一樣！

她的頭跟肩膀比我的要小，那條閃亮的綠色魚尾巴整個伸展開來，看起來好長又好有力；碧綠的大眼睛閃閃發光，全身皮膚散發出粉紅色的光澤。

我目不轉睛的看著她，一句話也說不出來。

她真的是美人魚！我心想。

而且她真的好漂亮喔！

我終於發出了聲音。「妳……妳救了我！」我結結巴巴的說，「妳救了我一命，謝謝妳！」

這句英文怎麼說

我該如何回報你？
What can I do in return?

她害羞的垂下眼皮，然後張開有如蚌殼般粉紅的嘴唇。

她想要說什麼？

「我該如何回報妳？」我問她，「我會盡我所能的報答妳！」

她微微一笑，然後發出一陣令人難忘的低吟聲。她想要跟我說話，我眞希望能聽得懂她說什麼。

她握住我的手，眉頭緊蹙的檢視著我被火珊瑚燙得紅通通的手。她的手感覺起來冰冰涼涼的。她把那股涼意也傳遞到我的手掌中，灼熱的刺痛竟然消失了。

「哇！」我驚訝的大叫起來。我知道我大叫聽起來一定很蠢，可是我實在是不知道該說些什麼。

她的觸摸就像魔術一般的神奇。當她握著我的手時，我覺得自己可以像她一樣，即使沒有水也能夠浮起來。

這是不是另一場夢啊？

我閉上眼睛，然後再張開。

我仍然浮在海裡，眼睛直瞪著那隻留著金色長髮的美人魚。

不，我不是在作夢！

她又微笑了一下，然後搖搖頭，再次發出低沉的聲音。

我簡直不敢相信！幾分鐘之前，我還在跟一隻餓壞了的鯊魚搏鬥呢！

我抬頭搜尋著海面，那隻鯊魚早就不見了。海水看起來很平靜，早晨的陽光灑在海面上，像是黃金般的熠熠發亮。而我現在正漂浮在一個無人島的海裡，跟一隻眞正的美人魚在一起！

席娜絕對不會相信的，我心想。她打死都不會相信！

突然間，美人魚拍拍她的尾巴，便消失在海裡。

我嚇了一跳，急著四處尋找她的蹤影。可是她一點線索也沒有留下——連一點波紋、一點水泡都沒有。

她跑到哪裡去了？這眞是令我太驚訝了。她就這樣不見了？我還會不會再見到她？

我揉揉眼睛，再次尋找她。可是沒有任何線索，只有幾隻魚突然從眼前游過去。

這句英文怎麼說

我揉揉眼睛，再次尋找她。
I rubbed my eyes and looked for her again.

她怎麼可能這麼快就不見了?我開始在想，這整件事是不是我在作夢?

就在這個時候，我感到腳上一陣輕微的刺痛。

「哇!」我痛得叫出聲來，並且迅速把腳拉了回來。我覺得好痛，一定是那隻鯊魚回來了!

這時，後面傳來一陣水花聲，還有一串有如銀鈴般的咯咯笑聲。

我轉身一看——

是那隻美人魚!她正調皮的對著我笑。手指還做出一副要捏我的樣子。

「原來是妳啊!」我叫了起來，笑著鬆了口氣。「妳比我妹還壞耶!」

她輕聲笑了起來，尾巴晃來晃去，啪啪的拍打著海面。

突然間，一道陰影籠罩在她的臉上。我抬起眼來，想看看到底是什麼。

一切都太遲了。

一只大漁網落下捉住了我們。我嚇壞了，拚命的揮動著手腳想要掙脫。但是這麼做只是讓漁網把我纏得更緊罷了。

那只漁網把我們纏得緊緊的。

我們被丟在一塊兒。

當漁網猛的往上拉時，我們只能無助的掙扎。

美人魚驚嚇得睜大了眼，嘴裡還不斷發出悲鳴。

「咿咿咿咿咿！」美人魚哀號了起來。

我們被漁網拉出了水面。

「咿咿咿咿咿！」美人魚的哀號有如警笛般宏亮，甚至蓋過我微弱的求救聲。

這句英文怎麼說

你真的找到美人魚了！
You've actually found the mermaid!

15.

「比利——我眞是不敢相信！」

我從漁網的洞往外一看，竟然是D博士和席娜。他們奮力的把我和美人魚拉上救生艇。

席娜驚訝的盯著我和美人魚看。D博士則是眼睛睜得老大，嘴巴還開開的，一副看傻眼的模樣。

「比利！你找到她了！」D博士開心的說。「你眞的找到美人魚了！」

「快把我從網子裡弄出來啦！」我大叫道。這會兒，我對於捉到美人魚這檔子事並不是很開心。

「動物園的人說的沒錯，」D博士自言自語著，「這眞是不可思議，太令人

驚訝了。這肯定是歷史性的……」

我們被擱在小艇的地板上。在我身邊的美人魚不斷的扭動著，並高分貝的發出憤怒的尖銳叫聲。

D博士把眼睛湊近了仔細的看著她，並摸摸她的尾巴。

美人魚用力的拍打著尾巴，打得整艘救生艇啪啪作響。

「這是不是有人在惡作劇啊？」D博士高聲質疑。

「比利——這是不是又是你做的蠢把戲？」席娜也用懷疑的口吻問道。

「這不是惡作劇！」我喊道，「你們到底要不要把我從網子裡弄出去嘛？那些繩子都要陷到我的皮裡去了！」

他們根本就不理我。

席娜小心翼翼的把一根手指頭穿過漁網，輕輕的碰了一下美人魚尾巴上的魚鱗。「我簡直不敢相信，她是眞的耶！」

「她當然是眞的！」我大吼著，「我們兩個都是眞的，而且都覺得很不舒服！」

「可是要相信你說的話，眞的很難耶！」席娜一邊說，一邊用手指頭彈彈美人魚的尾巴。「因爲自從我們到了這裡之後，你老說自己看到什麼海怪。」

「可是，我是眞的看到海怪了啊！」我氣得大叫。

「別吵了，孩子們！」D博士說，「快把我們的大發現搬到實驗室去！」D博士很快發動救生艇的馬達，往卡桑卓拉號的方向開回去。

亞力山大已經站在甲板上等著我們了。「我的天啊！這是一隻眞的美人魚！」他興奮的大叫。

當D博士和亞力山大把我和美人魚抬上船時，席娜幫忙把救生艇綁在卡桑卓拉號旁邊。

D博士打開漁網把我弄了出來。美人魚還是不停用力的拍打著尾巴，想掙脫束縛，可是她這麼做，只是讓漁網把她纏得更緊。

亞力山大握住我的手說，「比利，我眞是爲你感到驕傲！你怎麼捉到她的？眞是太了不起了！」他用力拍了一下我的背，「你知不知道，這可是本世紀……不，也許是有史以來，最偉大的海洋發現耶！」

「謝謝，」我回答他，「可是我眞的什麼也沒做。說起來，其實不是我發現

這句英文怎麼說？

我真是為你感到驕傲！

I'm proud of you!

她——而是她發現我的。」

這時美人魚又用尾巴狂亂的拍打著甲板，她的叫聲變得更高亢，也更為淒厲了。

亞力山大的臉頓時垮了下來。「我們得趕快為她做點什麼。」他著急的說。

「D博士，快點放了她，她不能離開海水的！」我喊道。

「我會很快把水槽裡注滿海水的。」亞力山大一邊說道，一邊忙著把海水倒進水槽裡。

「在我們還沒有仔細研究過她之前，還不能放她走。」雖然D博士眼睛裡流露出興奮的光彩，但是他也看出我的沮喪。「我們不會傷害她的，比利。她不會有事的。」

D博士的眼睛順著我的腿往下看，他皺了皺眉毛，然後蹲下身來看著我的腿。「比利，你流血了，還好嗎？」

「我很好，」我咕噥著，「可是美人魚一點都不好。」

但他根本就不理我。

這句英文怎麼說

我們不會傷害她的。
We won't hurt her.

「這到底是怎麼回事？」D博士問道。

「有一隻鯊魚抓住我的腿，就在牠正要把我咬下去的時候，美人魚出現了，她救了我一命。你眞該看看當時她是怎麼痛扁那隻鯊魚的。」

D博士轉頭盯著那隻美人魚，像是從來沒有看過她似的。

「哇！」席娜驚訝的說，「她可以痛扁一隻鯊魚？就憑她一個人？」

這時，美人魚再度生氣的用她那鮮綠色的魚尾巴拍打甲板，嘴巴還發出「咿咿咿咿咿」的刺耳聲音，像是在尖叫。

「先別管我的腿啦！」我忍不住咆哮起來，「你們得快點放了她！」

但D博士只是站在那裡，對著我搖搖頭。「比利，我是個科學家。這隻美人魚是科學史上的大發現。如果我現在放了她，會讓整個科學界很失望的，甚至會讓全世界都很失望！」

「其實，你只是想要賺那個一百萬而已！」我低聲抱怨。

我知道這麼說實在很殘忍，可是我就是忍不住想說。因爲我眞的很不忍心看到美人魚那麼痛苦的模樣。

D博士看起來一副很受傷的樣子。

「你這麼說太不公平了，比利。」他說。「你應該知道，我不是那樣的人。」

我低下頭去假裝在看腿上的傷口，好迴避D博士的眼光。那個傷口看起來不太深。亞力山大遞給我一些紗布，我把它們按在傷口上。

「我只是希望能有足夠的經費進行研究工作，」D博士繼續說道，「我絕對不會利用美人魚來發財的！」

這倒是眞的。我知道D博士對錢財一點也不在意，他一心一意只想繼續研究他的魚。

「你想想看，你發現了一隻美人魚耶！本來我們都以爲她根本就不存在！我們不能就這樣放她走，我們得更瞭解她一點。」D博士的口氣聽起來很興奮。

聽他這麼說，我實在是無話可說。

「我們不會傷害她的，比利。我保證。」

這時亞力山大走過來。「D博士，水槽已經準備好了。」

「謝謝。」D博士說，並跟著亞力山大走到船的另外一邊。

這句英文怎麼說

D博士，水槽已經準備好了。
The tank is ready, Dr.D.

我盯著席娜看，想知道她到底站在誰那一邊。她到底是支持把美人魚留下來？還是放她走？

但席娜只是站在那邊，凝視著美人魚，表情相當的嚴肅。我看得出來，她並不確定誰才是對的。

可是當我看著美人魚的時候，我很確定，我是對的。

她終於不再尖叫，也不再拍打尾巴了。她靜靜的躺在甲板上，漁網還套在她的身上。只見她很費力的呼吸，濕潤而哀傷的雙眼呆滯的直望著大海。

我眞希望沒發現她！現在我唯一想做的，就是想辦法幫她回家！

這時D博士和亞力山大回來了。他們兩個人抬起漁網裡的美人魚，亞力山大負責抬尾巴，D博士則抬著她的頭。

「不要叫喔，小美人魚，」D博士柔聲說道，「乖乖的不要亂動。」

美人魚像是聽得懂似的，不再動來動去了。可是她的眼睛還是睜得大大的，嘴裡還發出低沉的呻吟。

D博士和亞力山大把美人魚放進一個很大的玻璃水槽裡。那個水槽被擺在甲板上，裡面裝滿了海水。他們輕手輕腳的把她放進去，等她滑進水裡時，再把網子拉起來，然後在水槽頂上加裝了一個蓋子，並且把蓋子緊緊的關上。

美人魚先是用尾巴拚命的打水，慢慢的尾巴不再亂打了，也變得比較安靜。她整個身體躺在水槽底下，一副毫無生氣的模樣。

有點不對勁！她既不會動，也沒有呼吸！

「不！」我生氣的大叫起來：「她死掉了！她死掉了！我們害死她了！」

這句英文怎麼說

我們得想個方法餵她吃東西。
We have to find a method of feeding her.

16.

席娜跑到水槽的另外一邊，然後高聲呼叫我。「比利，你看——！」

我火速跑到她那。

「她沒有死！」席娜一邊說，一邊用手指著美人魚。「你看，她……她好像在哭耶！」

我妹說對了。美人魚躺在水槽底，還用手掩住了她的臉。

「現在我們該怎麼辦？」我問道。

可是沒有人回答我。

「我們得想個方法餵她吃東西。」叔叔用手摸著下巴，眼睛直盯著水槽說。

「你想，她是吃人類吃的食物，還是魚吃的食物？」我問。

「除非她自己能告訴我們囉。」亞力山大說，「比利，她應該是不會說話吧？」

「我覺得她會。」我說道。「她的嘴巴會發出各種聲音，有的像是在吹口哨，有的像是在嘖嘖讚歎，有的則像是用鼻子在哼歌。」

「我先到下面的實驗室去，把一些儀器準備好，」亞力山大說，「也許我們可以用聲納探測器更瞭解她一點。」

「好主意。」D博士贊同的說。

亞力山大很快往甲板下方走去。

「我想，我得去一趟聖安妮塔島，買一些補給品。」D博士說。聖安妮塔島是離這裡最近的一個有人住的島嶼。「我得買一些不同的食物，讓她吃吃看，好知道她到底喜歡吃什麼。你們兩個想買點什麼嗎？」

「花生醬怎麼樣？」席娜很快的答道，「亞力山大總不可能連花生醬三明治，都做得很難吃吧！」

D博士一邊點頭，一邊爬上救生艇。「花生醬，沒問題。還要些什麼嗎？比利。」

這句英文怎麼說

好熱喔！
It's so hot!

我搖搖頭。

「好吧！」D博士說。「我幾個鐘頭以後就回來。」他發動馬達，只見小艇很快駛向聖安妮塔島。

「好熱喔！」席娜抱怨，「我要到下面的艙房去休息一下。」

「好吧！」我一邊說，眼睛一邊看著美人魚。

甲板上眞的很熱。沒有半點風，正午白熱的太陽直接曬在我的臉上。

但是，我可不能到甲板下面去。

我不能離開美人魚。

她浮在水槽裡，整個尾巴都垂了下來，一副無精打采的模樣。她把臉和手緊貼著水槽的玻璃看著我，還發出低低的、像是哼著歌似的聲音。

我隔著水槽，向她揮揮手。

她又發出了那種低沉的聲音，像是想要和我溝通。我仔細的聽著，想弄清楚她到底想說什麼。

「妳餓不餓？」我問道。

她對著我眨眨眼。

「妳是不是餓了？」我又問了一次，還用手摸摸我的肚子。「妳可以學我這麼做……」我上下點點頭，「這個意思就是『是』，」然後我又左右搖搖頭，「這個意思是『不是』。」

我停下來，等著看她有什麼反應。

她點了點頭。

「是？妳餓了？」

她卻搖搖頭。

「不是？妳還不餓？」

她先是點點頭，然後又搖搖頭。

我想，她只是在模仿我的動作而已。她根本就不知道我在說什麼。

我往水槽後退了一步，仔細端詳著她。

她應該很年輕，我心想。

她有很多地方和我很像，所以她應該也很餓了才對。既然如此，那麼她喜歡

這句英文怎麼說

她只是在模仿我。
She's just copying me.

吃的東西，也應該跟我一樣囉？

也許是吧！反正值得一試。

我很快跑到廚房，從櫥櫃裡拿出一包巧克力餅乾。

好啦，我知道這不是什麼海鮮，可是，有誰會不喜歡吃巧克力餅乾呢？

我拿出幾片餅乾來，把其他的餅乾塞回櫃子裡面，然後很快的往上跑。結果在半路上碰到亞力山大。他手臂下夾了一些儀器。

「吃零食啊？」他問我。

「是給美人魚吃的。」我告訴他，「你想，她會不會喜歡吃巧克力餅乾啊？」

「誰知道？」他聳聳肩說。然後他拿著儀器，跟著我走上甲板。

「那是什麼東西？」我問他。

「我想，我們可以對美人魚做一些實驗，好更瞭解她一點。」亞力山大說。「不過我們得先餵她吃東西。」

「好！」我說，「來吧！」

我把一片餅乾拿到水槽上方晃了晃，只見美人魚直盯著餅乾看。不過我看的出來，她並不知道那是什麼。

「嗯，」我邊說邊拍拍我的肚子，「好好吃喔！」

美人魚也學我拍拍肚子，還用她那雙有如大海般碧綠的雙眼茫然的看著我。

亞力山大把手伸到水槽上面，把蓋子挪開。我把餅乾遞給他，他再把餅乾丟進水槽裡。

美人魚看著餅乾慢慢的往下沉，卻沒有伸手去接。

等餅乾落到她身邊時，已經變得軟趴趴的，整個都糊掉了。

「好噁心喔！這個樣子連我都不想吃！」我說。

美人魚很快的把餅乾推開。

「也許D博士回來的時候，會帶些她喜歡吃的東西。」亞力山大說。

「希望如此囉。」

亞力山大開始架設儀器。我看到他把一個指針盤，還有一些很長的白色塑膠管裝進水槽裡。

「糟糕！」亞力山大搖搖頭，喃喃自語。「我忘了我的筆記本了！」他匆忙

這句英文怎麼說

我忘了我的筆記本了。
I forgot my notebook.

的跑回實驗室去。

我看著美人魚一臉哀傷的漂浮在水槽裡，身邊還圍了一大堆管子。她這副可憐兮兮的樣子，讓我想起實驗室裡的那隻比佛。

不可能！她又不是魚，我可不能像對待比佛一樣，餵她吃古比魚吧？

我想起她是如何對抗那隻鯊魚的。

她本來可能會被殺死，而且是很容易就會被殺死的。可是她竟然奮力與那隻鯊魚搏鬥，只是爲了救我！

美人魚又低聲嗚咽起來。

我看到她偷偷拭去剛落下的眼淚。她又哭了。

我覺得好難過，也好自責。她是在向我求救啊！

我把臉貼在玻璃水槽上，好更靠近她的臉一點。

我一定得救她！

「噓……」我把手指擺在我的嘴唇上，小聲的對她說：「不要出聲音喔！我動作得快一點。」

我知道，我正在做一件會讓D博士非常生氣的事。
叔叔或許一輩子都不會原諒我。
可是我不在乎。
因爲我正在做一件正確的事。
我要放走那隻美人魚，還她自由。

這句英文怎麼說

我要放走那隻美人魚，還她自由。
I was going to set the mermaid free.

17.

我觸摸到水槽上的蓋子想把它打開時，雙手不住的顫抖著。

那個水槽的高度要比我高得多，我不確定自己是否能把美人魚弄出來，不過我總得想個法子。

當我試著要把蓋子移開的時候，美人魚竟然尖叫了起來，「咿！咿咿咿咿咿咿！」

「噓……不要出聲！」我警告她。

這時，突然有人抓住我的手臂。

我嚇得倒抽一口氣。

「你在做什麼？」一個低沉的聲音問道。

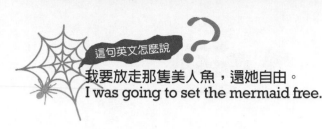

我回頭一看，亞力山大正站在我背後。

我很快往水槽旁邊站開。他放開了我的手臂。

「比利，你在做什麼？」他又問了一次。

「我要放她走！」我大聲說道，「亞力山大，你們不可以把她關在這裡！你看看，她有多可憐！」

我們同時看著那隻美人魚，她又死氣沉沉的躺在水槽裡。我想，她應該知道我想要救她——可是，我卻住手了。

我知道，亞力山大很傷心，我看得出來，他爲美人魚感到難過。但是把美人魚留在這裡是他的職責，他也無能爲力。

他轉過身來，用手環著我的肩膀說：「比利，你要瞭解，這隻美人魚對你叔叔有多麼的重要。他研究海洋一輩子，就是希望能發現像美人魚這類的生物。如果我放她走，一定會很傷他的心。」

他慢慢的把我帶離水槽邊。我忍不住又回過頭去，想看看那隻美人魚。

「你怕傷了叔叔的心，難道就不怕傷了她的心嗎？」我質問道。「把她關在

這句英文怎麼說

我要放她走！
I was going to let her go!

這種魚缸裡，一定讓她傷心死了！」

亞力山大嘆了口氣。「我知道，這麼做並不是很妥當。但這只是暫時的。我相信，她很快就會有一個很大的空間，可以自由自在的游泳和玩耍了。」

是喔，在那個動物園裡，像個展示品一樣，每天讓幾百萬個人盯著她看！我只要想到這樣就覺得好難過。

亞力山大把環繞在我肩上的手移開，摸摸他的下巴。「你叔叔是個很體貼的人，」他說，「他一定會讓美人魚得到所有她需要的東西。可是他的任務是研究美人魚，而且研究會幫助他更瞭解海洋生態，讓他更能照顧好海裡其他的生物。這是很重要的，對不對？」

「我想是吧。」我回答。

我知道亞力山大說到重點了。我很愛D博士，當然也不想毀了他的重大發現。

可是即使如此，美人魚也不該爲了科學研究而受苦啊！

「好了啦，比利，」亞力山大一邊說，一邊帶著我往甲板下面走去。「我答

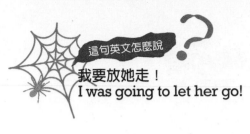

應過你，要讓你看看聲納探測器是怎麼用的，對不對？走！我們到實驗室去，我示範給你看。」

當我們往甲板下方走的時候，我回頭看了美人魚最後一眼。她孤零零的躺在水槽裡，頭垂得低低的，整頭的金髮像海草似有氣無力的漂在水裡。

聲納探測器並沒有我想像的那麼有趣。它的功能不過是在卡桑卓拉號快要靠近岸邊時，發出「嗶嗶嗶」的聲音罷了。

我想亞力山大也看出來，我的心思根本就沒放在這裡。「要不要吃午餐？」他問我。

糟了，又要吃午餐！我的確是很餓了，不過，我可不要再吃那個辣死人的雞肉沙拉！

我猶豫了一下。

「嗯……我早上吃了很多耶……」

「我們可以來點特別的，」亞力山大提議，「我們可以在甲板上跟美人魚一

這句英文怎麼說

我們可以在甲板上跟美人魚一起野餐！
We can have a picnic up on deck with the mermaid!

起野餐！來吧！」

唉！這個時候，我還能說什麼？

我跟著他走到廚房。

亞力山大從小冰箱裡拿出了一個碗。

「這可是我醃了一整個早上的東西喔！」他驕傲的說著。

我往碗裡面瞥了一眼，裡面是些一條條很像塑膠的白色東西，上面還浮了一層灰黑色的油。

管它是什麼，打死我都不吃！

「這是醃烏賊，」亞力山大解釋著，「我裡面還特別放了一些烏賊墨汁，所以顏色看起來黑黑的。」

「喔……」我轉了一下眼珠子，「我好幾天都沒用烏賊墨汁寫字了。」

「別這麼刻薄嘛！也許你吃了以後，會很驚訝的發現，其實非常好吃喔！」

亞力山大回答。他把碗遞給我。「你先把這個拿到甲板上，我再拿些麵包和冰茶上去。」

我把那碗醃烏賊拿到甲板上，把它擺在靠近美人魚的水槽旁。

「妳還好嗎？美人魚？」我問她。

她微微揮動了一下尾巴，然後嘴巴一張一闔的，像是在咀嚼什麼東西似的。

「嘿，妳餓了，對不對？」

她的嘴巴不斷做著咀嚼的動作。

我低頭看看碗裡的烏賊。

誰知道？也許她喜歡吃烏賊也說不定。

我站上扶手，打開水槽上的蓋子，拿了一塊「塑膠」烏賊丟進去。

沒想到美人魚迅速的游向烏賊，一把將它抓起塞進了嘴裡！

她吃著吃著，很開心的笑了起來。

她喜歡吃烏賊！

我又給了她一些烏賊，她全都吃掉了。

我用手摸摸肚子，問她：「妳喜不喜歡？」然後我點點頭，表示是「是」的意思。

這句英文怎麼說

妳餓了，對不對？
You are hungry, aren't you?

她又笑了起來，並點了點頭。

她知道我在說什麼了耶！

「比利，你在做什麼？」亞力山大走上甲板，手上還拿了兩盤麵包。

「亞力山大，你看！」我大叫著，「我可以和她溝通了！」

我當著亞力山大的面，把一塊醃烏賊放進水槽裡。她很快的把它吃掉了，還對著我點點頭。

「她是在說，她很喜歡吃烏賊耶！」我很高興的說。

「哇！」亞力山大喃喃道。他把盤子放下，拿出他的筆記本，以潦草的字跡寫下一些筆記。

「這是不是很酷啊？」我質問道，「亞力山大，你說——我是不是也是個科學家啊？」

他點點頭，繼續低頭作他的筆記。

「我是說，我可是這個世界上，第一個可以跟美人魚溝通的人耶！對不對？」我堅持說。

「如果她在這裡待的時間夠久，也許你可以跟她用手語溝通喔！想想看，我們可以從她身上研究到多少東西！」亞力山大說。

他一邊大聲說著，一邊很用力的寫著，「喜歡吃烏賊……」可是他記了一會兒，突然放下手上的鉛筆說：「嘿，她現在在吃的，是我們的午餐耶！」

糟了！希望我拿烏賊給美人魚吃，沒有傷到他的自尊心。

他看看我，又看看那只碗，然後再看看美人魚。

最後，他竟然大笑起來。

「想不到，這裡還有人喜歡我做的菜啊！」亞力山大開心的說。

一個小時之後，Ｄ博士帶了一大堆日用品跟食物回來了。

還好，他在聖安妮塔島上買了很多海鮮，所以我們晚餐的時候，餵了美人魚一些海鮮。當她在吃東西的時候，Ｄ博士很仔細的檢查亞力山大放在水槽裡的指針盤的度數。

「非常有意思！」Ｄ博士解釋道，「她可以透過海水傳遞聲納，就像鯨魚一樣！」

「那是什麼意思啊？」席娜問。

「意思是說，海裡也許還有其他像她一樣的美人魚。」D博士說，「她一定是想要在水裡發出聲納，連絡其他同伴。」

可憐的美人魚！我心想。她正在呼喚她的同伴。她一定很希望同伴們能把她救出去。

晚餐後，我回到自己的房間，坐在床上望著窗外發呆。

橘紅色的太陽緩緩沉入紫色的地平線，晃動的海面像是鋪上了一條閃亮的金色地毯。一陣涼爽的微風從窗外吹了進來。

我看著太陽西沉到海裡。天色很快的暗了下來，就像是有人把電燈關掉了一樣。

美人魚孤零零的在甲板上，一定很害怕，就像個囚犯一樣，被人關在黑漆漆的魚缸裡。

突然間，門「砰」的一聲打開。席娜猛然闖進我的房間，她喘著氣，眼睛還

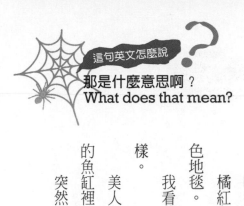

張得好大。

「席娜！」我生氣的說，「我告訴過妳多少次了，進來之前一定要先敲門！」

她根本沒理我。

「可是，比利！」她喘著氣說，「她不見了！那隻美人魚逃走了！」

這句英文怎麼說

那隻美人魚逃走了！
The mermaid escaped!

18.

我從床上跳了起來，心臟怦怦直跳。

「她不見了！」席娜大叫道，「她不在水槽裡！」

我火速跑出艙房，爬上艙口跑到外面的甲板上。

一方面，我眞的衷心希望她已經成功的逃跑了；另一方面，我卻又希望她能永遠跟我們在一起，讓我叔叔能夠成爲享譽全球的科學家，而我就成爲全世界最有名的科學家的侄子！

老天爺，拜託你保佑她一切平安，我心想。

我站在甲板上，讓眼睛慢慢適應夜晚的漆黑。幾盞小燈在船的四周發出微微的亮光。

我瞥向甲板另一端的那個大水槽，並快速的往水槽的方向跑去。

可是我跑得太急了，一不小心摔倒在甲板上。而席娜正好在我的後面。

「嘿——！」當我看到那隻美人魚還好端端的、只是有點無精打采的浮在水裡時，忍不住高興的叫出聲來。她那鮮綠色的尾巴在昏暗的燈光下，顯得特別閃亮。

幾秒鐘後我才意識到，這一切都是席娜搞的鬼！「又騙到你啦！」她開心的大叫：「我又騙到你啦！比利！」

我不禁長嘆了口氣。又是席娜搞出來的蠢把戲！

「這次算妳贏了，席娜。」我很不是滋味的說，「算妳厲害！」

「只有像你這種神經病，才會被人家愚弄。你眞的是很好騙耶！」

美人魚抬起眼來看著我，嘴邊露出一抹微微的笑意。「嚕嚕嚕，嚕嚕嚕嚕……」她對著我發出一種尖細的聲音。

「她眞的好漂亮喔！」席娜說。

美人魚一定以爲我是要來放她走的，我心想。

這句英文怎麼說

她真的好漂亮喔！
She really is pretty!

也許我該……

席娜可以幫我，我決定了。

我們兩個人幫她逃走，也比較容易一點。

問題是，我妹會願意合作嗎？

「席娜……」我正準備問她。

我聽到身後傳來了一陣腳步聲。「嗨，小朋友們。」原來是D博士，「差不多該上床睡覺了，」他喊道，「準備好回房間睡了嗎？」

「可是我們在家的時候，從沒有這麼早睡過。」席娜撒嬌的哀求。

「也許是沒有。但我敢說，你們在家的時候，也從來沒有這麼早起來過，對不對？」

席娜搖搖頭。我們靜靜的站在水槽前面，不發一語的看著美人魚。只見她輕輕的揮動了一下尾巴，又乖乖躺回水槽底了。

「別擔心她。」D博士說，「我晚上已經檢查過了，她不會有事的。」

美人魚把手掌貼在玻璃槽上，眼神像是在向我們求救，求我們放了她。

「等她到了海上動物園之後，就會比較開心了，」D博士繼續說，「他們特別爲她蓋了一座珊瑚礁湖，就像她原來住的那個湖一樣，裡面還有岩礁什麼的。那裡完全就像是伊蘭卓亞島的珊瑚礁湖，到時候她可以在那裡盡情的游泳嬉戲，就像回到家一樣。」

希望如此，我心想。

可是我並不確定，事情是否會像D博士所說的那麼完美。

夜裡，卡桑卓拉號隨著海浪輕輕的搖擺著，可是我怎麼也睡不著。

我躺在我的臥鋪上，直瞪著天花板。灰白的月光透過窗子照在我的臉上。我腦海裡不斷想著那隻美人魚。

我試著想像，如果是我被關在玻璃水槽裡，會是什麼感覺？我環顧一下這間小小的艙房，心想，也許就跟被困在這個小房間裡的感覺差不多吧！這個艙房簡直就像個衣櫃一樣小。

那眞是太可怕了！我下意識的拉拉睡衣的衣領，然後走到窗戶前面，把窗子打開來透透氣。

這句英文怎麼說

這全是我的錯！
This is all my fault!

或許那個水槽並沒有我想像的那麼糟吧！而且我知道D博士很關心美人魚，他絕對不會傷害她。

可是等動物園的人把她帶走之後，會發生什麼事呢？誰來照顧她呢？

當然啦，他們是蓋了一座很棒的假珊瑚礁湖，可是那還是跟眞的珊瑚礁湖不一樣啊！而且四周會有好多人，每天目不轉睛的盯著美人魚看；或許還會希望她能夠表演把戲，就像訓練過的海豹跳圈圈什麼的。

也許，動物園的人會把她捧成廣告明星，帶她去上電視節目，或是拍電影。

如果是這樣的話，她等於是變成囚犯了。她的後半輩子都會是個孤孤單單的囚犯。

這全是我的錯！我怎麼能讓這些事發生呢？

我得做點什麼，我決定了。我絕不能讓他們把她帶走！

這時，我好像聽到什麼聲音——一種低沉的聲響。我躺在床上動也不動的仔細聆聽著。

起初我以爲是美人魚的聲音，但我很快便發現，那是馬達的聲音。

一陣嘈雜的馬達聲從遠方傳來。慢慢的，那聲音越來越近了。

是一艘船。

我很快坐起身來，往窗外看出去，只見一艘很大的船靜靜的停在卡桑卓拉號的旁邊。

是誰來了？是動物園的人嗎？

他們半夜跑來做什麼？

不對，不是同一艘船。這艘船可要大得多了。

當我從窗子的小洞往外看時，看到幾個黑色的身影偷偷溜到卡桑卓拉號上，接著又有幾個人溜了上來。

我的心頭猛跳著。這些傢伙是誰？我好奇的想著。他們想做什麼？

我該怎麼辦呢？

我是不是該偷偷跟蹤他們？萬一他們發現我的話怎麼辦？

接著，我聽到一陣奇怪的聲響。

像是被什麼東西塞住嘴巴所發出來的痛苦叫聲。

這句英文怎麼說

他們在傷害那隻美人魚！
They're hurting the mermaid!

那聲音是從甲板上傳來的。

甲板上！無助的美人魚的水槽，就放在那裡！

糟了！

一陣恐懼的寒意剎時湧上心頭。他們在傷害那隻美人魚！

19.

我匆匆忙忙的往甲板上跑，席娜緊跟在我後面。

我一不小心被粗麻繩給絆倒，我抓住欄杆穩住自己。在漆黑的夜色裡，我盲目的衝向放美人魚的水槽。

只見美人魚把身子縮成一團，擠在水槽的底部。她緊抱住手臂，像是要保護自己。

我看到有四個傢伙緊靠著水槽邊站著。他們都穿著黑色的衣服，臉上戴著黑色面罩。

其中一個人的手上還握著一根短棍。

我還看到有人俯臥在甲板上，臉朝下的躺在那裡。

這句英文怎麼說

其中一個人的手上還握著一根短棍。
One of the men held a small club in his hand.

「D博士！」

席娜尖叫著跑向D博士，並跪在他的身邊。「他們打傷他的頭了！」席娜大聲叫道：「他們把他打昏了！」

我害怕的直喘著氣。「你們是誰？你們到船上來要做什麼？」

那四個人根本就不理我。

其中有兩個人鬆開一張很大的粗繩網子，把它蓋住整個水槽，再把網子放到水槽裡網住美人魚。

「住手！」我叫了起來。「你們在做什麼？」

「小聲點，小朋友。」那個拿著棍子的傢伙低聲說道，還揚起手上的棍子威脅我。

我絕望的看著他們用網子把美人魚緊緊套住。

他們要綁架她！

「咿咿咿咿咿！咿咿咿咿咿！」美人魚害怕的尖叫著，雙臂還緊緊環抱著自己，想要努力掙脫厚重的網子。

「住手！放開她！」我放聲大叫。

其中有個傢伙低聲笑了起來，而另外三個人，根本就無視於我的存在。

席娜跪在D博士身邊，發瘋似的想把他給搖醒。我火速跑到艙口，對著下面的艙房大叫：「亞力山大！亞力山大！救命啊！」

亞力山大又高又壯的，一定可以阻止這些壞蛋。

我又跑回水槽邊，只見美人魚已經被網子撈上來了。當那四個人把她從水槽裡抬出來的時候，她一面高聲尖叫，一面使盡所有的力氣抵抗他們。

「咿咿咿咿咿！」她又尖叫了起來。那種高頻率的叫聲，簡直快把我的耳膜給震破了。

「你可不可以讓她閉嘴？」其中一個人很生氣的咆哮道。

「先把她帶回去再說！」拿棍子的傢伙惡狠狠的說。

「住手！」我大聲喝止他們，「你們不可以這麼做！」

然後我完全失去了理智。

想都沒想的，我朝那四個人衝撞過去。我不知道這麼做有沒有用，我只知道，

這句英文怎麼說

你可不可以讓她閉嘴？
Can't you get her to shut up?

我非得阻止他們。

可是，其中一個傢伙只用一隻手，就輕而易舉的把我推開了。

「滾開——要不然小心你會受傷。」他低聲說。

「放她走！你們快放了美人魚！」

「忘了美人魚吧！」那傢伙說，「反正你以後再也見不到她了！」

我緊抓住扶手，心臟噗通噗通的跳得好快，幾乎快喘不過氣來。

美人魚害怕的驚叫著，我不能坐視不管！

我絕不讓他們帶她走——至少，在還沒有跟他們打上一架之前。

她曾經救過我，現在輪到我救她了。

可是我能做什麼呢？

他們把美人魚撈出水槽，有三個人拉著網子抬住她。

她像瘋了一樣拚命的掙扎，整個甲板上被她濺得到處都是水。

我要出奇不意的抓住那幾個傢伙，把他們全都給撂倒！然後他們就會鬆手把美人魚丟到海裡去。

這麼一來，她就可以安全的逃脫了！

於是，我像足球選手一樣彎下身來，把頭低下，深深的吸了一口氣，然後向那些傢伙直衝而去。

這句英文怎麼說

我試著爬出水槽。
I tried to scramble out of the tank.

20.

「比利——不要！」席娜大聲尖叫。

我撞到了其中一個抓著網子的人，而且我的頭正好撞在他的肚子上。出乎我意料的是，那個傢伙還眞被我重重的撞開了。

他生氣的用單手揪住我，把我抓起來摔到甲板上，接著把我舉了起來用力的丟進水槽裡。

我掙扎著想要爬出來，卻不小心嗆到了，喝了好幾口水。

我從玻璃水槽裡往外看。我看到那幾個傢伙把美人魚抬到他們的船上去了。他們就要離開了！

我試著爬出水槽，可是它實在是太高了，我拚命想爬出去，可是水槽又濕、

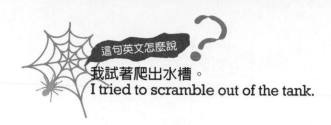

又滑，我根本就搆不著上面的蓋子。

我知道，這時候只有一個人能夠阻止他們，那就是亞力山大。

他跑到哪裡去了？難道他沒有聽到這些嘈雜的聲音嗎？

「亞力山大！」我盡可能的大聲呼喊。可是我的聲音被水槽的玻璃牆給擋住了，外面的人根本就聽不清楚。

終於，亞力山大出現在甲板上了。我看到他的那頭金髮和壯碩的身材，慢慢向我走來。他可終於出現了！

「亞力山大！」我一邊大叫，一邊在水槽裡載浮載沉的想游出水面，「快阻止他們啊！」

我可以聽見那艘大船的馬達隆隆作響，幾個戴面罩的傢伙開始一個個離開卡桑卓拉號。

有三個人已經離開了卡桑卓拉號，只有一個還留在甲板上。

透過玻璃，我看到亞力山大跑向他，並抓住他的肩膀……

對了！我暗忖。揍他！亞力山大！快揍他！

這句英文怎麼說

咱們快離開這裡！
Let's get out of here!

我從來沒看過亞力山大揍人。但是我知道，如果他想揍人的話一定辦得到。可是亞力山大竟然沒有揍那個戴面罩的人。他反而問那個傢伙：「美人魚安全上船了嗎？」

戴面罩的傢伙點了點頭。

「很好！」亞力山大回答，「那麼該給我的錢，你們帶來了嗎？」

「帶來了。」

「好吧！」亞力山大低聲說道：「咱們快離開這裡！」

21.

我驚訝的差點被不小心喝到的水給嗆到。

我實在不敢相信，亞力山大竟然和那些戴面罩的傢伙是一夥的！他應該是好人啊！

我頓時領悟到，是他策畫了這整件綁架案。一定是他告訴那幾個傢伙美人魚在我們船上。

「亞力山大！」我高喊著，「你怎麼可以這麼做？」

他透過玻璃看著我。「嘿，比利，這不過是樁生意罷了，」他一邊說，一邊聳了聳肩，「海上動物園要付一百萬美金買美人魚，可是我的新老板願意付兩億美金！」他的臉上露出了一抹微笑。「你懂算術吧，比利。如果是你，你會選哪

這句英文怎麼說

我看到席娜站起來。
I saw Sheena stand up.

一邊？」

「你這個混球！」我氣得大聲咆哮。我真想好好賞他一拳！我拚命掙扎著想離開水槽，結果只濺起一大片水花，還弄得自己一鼻子的水！

亞力山大跟著戴面罩的傢伙走回他們的船上去。我絕望的敲打著玻璃水槽。

這時我看到席娜站起來，而原本還躺在甲板上的D博士也慢慢動了起來。

亞力山大似乎並沒有注意到。他跨過D博士的身體，根本就不管D博士的死活。我看見D博士伸出手來，一把抓住亞力山大的腳踝。

「哇！」亞力山大跌了個四腳朝天。

席娜驚叫起來，手還緊緊的抓著扶手。

也許還有希望！我的心臟跳得好快。也許他們終究還是無法得逞。

亞力山大驚魂未定的坐起身來，摸了摸手肘。「快捉住他們！」他對著那幾個蒙面的傢伙高聲喊道。

其中兩個人很快登上卡桑卓拉號，並捉住了D博士。席娜奮不顧身的衝過去，還用她小小的拳頭往那幾個傢伙身上又搥又打。

當然，席娜這麼做一點用也沒有。第三個上船的傢伙一把抓住席娜的手臂，把它們扳到背後。

「快踢他啊！席娜！」我隔著水槽的玻璃大聲喊道。

席娜想要用腳踢他，可是那傢伙把席娜抓得緊緊的，她根本就動彈不得。

「放她走！」我絕望的高聲大叫。

「我們該怎麼處置他們？」其中一個人問。

「我才不管你要怎麼處置，反正越快解決越好，」亞力山大說，「我們得快點離開這裡。」

抓著席娜的傢伙看了看水槽裡的我。我拚命的用腳踢打著水，想要讓自己能保持漂浮在水面上。

「他們可能會去通知島上的警察，或是海岸巡防隊。」那個人皺起眉說。「我們最好把他們給宰了。」

「把他們通通都丟進水槽裡去！」另外一個傢伙向他的夥伴們建議道。

這句英文怎麼說

把他們通通都丟進水槽裡去！
Throw them all in the tank!

22.

「亞力山大！」D博士高聲喊道：「我知道你不是那麼殘忍的人，別讓他們這麼做！」

亞力山大迴避叔叔懇求的眼光。「對不起，D博士，」他低聲說：「我沒有辦法阻止他們。如果我這麼做，他們會把我也一起殺了。」

然後他不發一語的往綁匪的船上走去。

眞是個混蛋！我心中暗暗罵道！

兩個戴面罩的傢伙把D博士高高抬起，接著把他丟進水槽。只見他濺起了一個大水花，便跌坐在我旁邊。

D博士用手摸摸後腦勺，對我點了點頭。

下一個是席娜。他們很輕鬆的就把她給舉了起來。她在半空中掙扎的揮動著手腳。然後，噗通一聲落入了水槽中。

那幾個傢伙蓋上水槽蓋後，把它緊緊關上。

我看著那幾個傢伙，一個可怕的念頭油然而生：我們這輩子再也逃不出去了……

水槽裡的水大概有六英呎深。我們拚命的打水，好讓自己能浮在水面上。還好這裡有足夠的空間可以容納我們三個人。

「好了！」其中一個傢伙說。「咱們走吧！」

「等一下！」D博士吼道，「你們不可以把我們丟在這裡！」

那三個傢伙彼此交換了一下眼神，其中一個開口說道，「你說的對，我們是不能。」

他們走向我們。

這麼看來，他們並不是那麼沒良心的怪物囉！他們說不會把我們留在這裡耶！

這句英文怎麼說

你說的對。
You're right.

可是他們會怎麼做？

其中一個傢伙向另外兩個人比了個手勢，然後他們合力把水槽給抬了起來。

「一、二、三——」其中一個傢伙喊著。

數到三的時候，他們把水槽推到了甲板下面去。

當水槽掉入海裡的時候，我們三個人一起撞上水槽壁，還發出好大的聲響。

海水慢慢的灌進水槽裡。

「水槽……它在往下沉！」D博士高聲叫了起來。

我們望著那艘綁架美人魚的船漸漸駛遠。水槽慢慢的向下沉。

「我們在向下沉！」席娜驚呼道，「我們要沉到海底了！」

23.

我們三個人想盡各種辦法，想把水槽上的蓋子推開。我用拳頭拚命的敲，D博士則是試著用肩膀去頂它。

突然整個水槽往海裡一傾，我們三個人被水槽壁給撞了回來。

水槽蓋子是用一面結實的鋼網做成的，而且還用扣環鎖住。我們從裡面根本就摸不到扣環，得想辦法把它打開才行。

我們使盡力氣想推開蓋子，可是它就是動也不動。

水槽慢慢的從海面沉向漆黑洶湧的大海深處。月亮躲在雲層後面，我們置身在一片黑暗之中。

再一、兩分鐘之後，水槽就會完全沉下海面。

這句英文怎麼說

我試試看。
Let me try.

席娜哭了起來。「我好怕！」她全身顫抖的說，「我真的好怕！」

D博士用拳頭用力敲打著水槽的玻璃，想要把它敲破。

我用手沿著水槽上方摸過去，想找出蓋子上可能的縫隙。

然後，我的手碰到了一樣東西。

是一個小小的栓子！

「你們看！」我大叫著，然後用手指著那個栓子。

我笨拙的用手摸索著，想要打開它。「它卡住了！」

「我試試看，」D博士用手指摸摸栓子旁的縫隙，「不知道被什麼東西塞住了，所以打不開。」

席娜很快的從頭上取下一只紅色的髮夾，「也許可以用這個把塞住的東西弄開。」

D博士拿著髮夾，沿著栓子周圍用力摩擦。

「成功了！」他說。

也許還有希望！我心想。也許我們可以逃離這裡！

D博士停止摩擦，然後用力拉住栓子。

栓子動了！

我們打開栓子了！

「我們自由啦！」席娜高興的放聲大叫。

我們合力把蓋子往外推，推了一次，又再推了一次。

「加油，小朋友，再用力推！」D博士催促著我們。

於是，我們用力的又推了一次，可是蓋子還是動也不動。蓋子還是無法打開，有另外兩個栓子還緊鎖在蓋子上。

而那兩個栓子我們根本就搆不著。

大夥兒沉默了起來。整個水槽裡只聽到席娜微弱而害怕的啜泣聲，還有海浪規律拍打著水槽的聲音。

海水已經上升到水槽頂端，我們很快就要被海水淹沒了！

突然間，整片海洋都暗了下來，海浪不停的劇烈翻攪，水槽也晃得越來越厲害。

這句英文怎麼說

那是什麼聲音？
What's that noise?

「那是什麼聲音？」席娜問道。

我凝神傾聽。

在洶湧的波濤聲中，我聽到一種很奇怪的聲音。那聲音聽起來非常微弱，像是從遙遠的地方傳過來的。

那是一種很刺耳的高頻率鳴叫聲。

「聽起來好像是警笛，」D博士低聲說，「而且是很多的警笛。」

刺耳的鳴叫聲蓋過了海浪的聲音。

而且越來越大聲，也越來越近。

我們被這種像是刮到金屬般的刺耳尖叫聲給包圍了。

霎時，一些深黑色如影子般的東西出現在水槽邊。

我們把臉貼在水槽壁上向外看。

「我從來都沒有聽過那種聲音……是什麼東西發出那樣的叫聲？」D博士問。

「那些聲音……那些聲音是從我們四周發出來的！」我結結巴巴的說。

那些深黑色如影子般的東西讓海水晃動得非常厲害。我從水槽裡向外窺視，

想看清楚它們到底是什麼。

在劇烈晃動的海水中，一張臉孔突然出現在我面前，而且還把臉緊緊的貼在水槽的玻璃上。

我倒抽一口氣，向後退了一步。

接著，我看到越來越多的臉孔。我們被這些小小的，如少女般的臉孔給包圍了。她們睜大了眼睛，威嚇似的瞪視著我們。

「是美人魚！」我驚呼。

「而且是好幾打的美人魚！」D博士很驚訝的說。

她們長長的尾巴劇烈的攪動著海水。

她們的頭髮，在陰暗的海水中糾結、漂浮在她們臉旁。這時水槽搖晃的越來越猛烈。

「她們想做什麼？」席娜顫聲驚叫道。

「她們看起來很生氣的樣子。」D博士低聲說。

我盯著外面的美人魚，她們就像是一群鬼魂似的繞著我們尖叫。她們把手伸

這句英文怎麼說

她們想做什麼？
What do they want?

到水槽旁，想要把水槽打開；她們的尾巴用力的拍打著海水，讓陰森森的海水晃得好厲害。

這時，我突然想通了。我知道她們想做什麼了。

「她們一定是來報仇的！」我低聲說：「她們是要來報仇的，因爲我們抓了她們的同伴。現在她們要來報復我們了！」

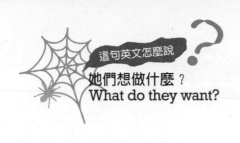

24.

那些美人魚的手緊壓著水槽。

「她們在把我們往下拉！」D博士高聲叫道。

我嚇得快喘不過氣來，只能呆呆的從裡面往外看，一隻隻深黑色手掌的輪廓緊緊的壓著玻璃槽。

水槽開始往上升了起來，升出了水面，而且越升越高……

「咦？這是怎麼回事？」席娜問。

「她們——她們是來幫我們的！」我開心的大叫。

「美人魚們不是來報仇的——她們是來救我們的！」D博士興奮的說。

水槽撞上了卡桑卓拉號的船身。我可以看見美人魚們小小的手掌，在水槽底

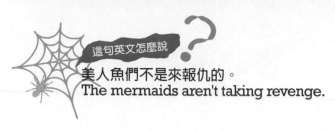

下抬著我們。

然後，只聽到「砰」的一聲，水槽頂上的蓋子打開了。

D博士一面開心的發出喘息聲，一面把席娜往上高舉，讓她爬到船上。

接著，我也爬上船，然後和席娜合力把D博士從水槽裡拉出來。

我們三個人又濕又冷，凍得全身發抖。不過，至少我們安全了。

美人魚們在卡桑卓拉號的四周游來游去，並用她們淡色的眼珠子凝視著我們。

「謝謝妳們！」D博士大聲的對船下的美人魚們說：「謝謝妳們救了我們一命！」

我知道，這是美人魚第二次救我了。我真是欠她們太多了。

「我們得想想辦法，救回那隻被綁架的美人魚！」我說，「誰知道亞力山大跟那些壞蛋會對她做出什麼可怕的事？」

「對！」席娜高聲說：「看看他們是怎麼對我們的，就知道了！」

「我真希望我們能救她，」D博士搖搖頭，低聲的說：「可是我不知道我們能做什麼？我們怎麼可能在這麼暗的夜色裡，找到綁走美人魚的那幾個傢伙？他們早就不知道跑到哪兒去了。」

可是我覺得，一定有什麼方法可以找到他們。我把身體往欄杆外面傾，看著那些浮在船邊的美人魚。她們正在月光下竊竊私語，並發出陣陣的低吟。

「請幫助我們！」我提出請求，「我們想找到妳們的朋友，拜託——妳們能不能帶我們去找她？」

我屏住氣，等著她們回答。那些美人魚知不知道我在說什麼啊？她們可不可以多少幫我們一點忙呢？

那群美人魚低聲交談，互相召喚著同伴。然後其中一隻黑髮、尾巴特別長的美人魚游到了同伴的最前面。

她向其他美人魚發出了咋咋的低吟，像是在發號施令。

美人魚們一隻接著一隻，排成了一列長長的縱隊，一直延伸到好遠好遠的海面。

我們目瞪口呆的看著。

這句英文怎麼說

我們應該通知島上的警察。
We should call the island police.

「你們認爲，她們會帶我們去找那幾個傢伙嗎？」

「也許吧！」D博士若有所思的說：「可是，這些美人魚要怎麼找到那艘船呢？」

他摸摸下巴接著說，「我敢說，她們一定會用聲納來探測那隻美人魚的下落。眞希望我有足夠的時間，可以好好研究一下她們的聲音……」

「D博士，你看！」席娜打斷他的話，說道，「美人魚已經游開了！」

在翻騰的黑色海水裡，那群美人魚深色的影子漸行漸遠。

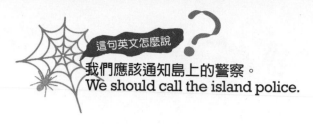

「快！」我叫道，「我們得快點跟著她們！」

「可是這太危險了！」D博士嘆了口氣，「我們是絕對打不過亞力山大和那四個傢伙的！」

D博士在狹窄的甲板上不停的來回走著。最後他終於開口說道：「我們應該通知島上的警察。問題是，我們要說什麼？說我們正在追一隻被綁架的美人魚？絕對不會有人相信的。」

「D博士，我們得快點跟著那群美人魚走！求求你！」我拚命求他，「她們已經快要游離我們的視線了！」

他注視著我好長一段時間。「好吧！我們走！」他終於說。

我快速的跑到船尾去鬆開救生艇，D博士把它丟入水裡，然後往救生艇上一跳，席娜和我也跟著跳了上去。D博士發動馬達，救生艇火速跟著美人魚鮮明的隊伍向前駛去。

在劇烈搖晃的海水裡，那些美人魚游得奇快無比，就連救生艇都很難跟上她們的速度。

差不多十五或二十分鐘後吧，我們發現已置身在一個無人的海灣。月亮從飄散的雲層中露出臉來，銀白色的月光照著停泊在岸邊的那艘深色大船。

D博士迅速關掉馬達，這樣那幾個傢伙才不會聽到我們的聲音。

「他們一定是在睡覺。」D博士小聲的說。

「亞力山大在對我們做了那麼可怕的事情後，怎麼還睡得著啊？」席娜很生氣的說，「他差點害我們淹死耶！」

「錢可以讓人做出很可怕的事，」D博士難過的回答，「不過很幸運的是，

這句英文怎麼說

美人魚在哪裡啊？
Where's the mermaid?

他們以爲我們已經死了，不可能料到我們會來。

「美人魚在哪裡啊？」我一面低聲問，一面看著那艘在迷濛的月光下，上下晃動著的漆黑大船。

我們三個人靜悄悄的駛向那艘黑漆漆的船。

當我們坐著小艇越來越靠近大船時，我的手牢牢抓著小艇，心想著：好啦，這下子可逮到綁走美人魚的那幾個壞蛋了。

只是還有一個很重要的問題要解決。

我們下一步該怎麼做呢？

25.

四周寂靜無聲。綁匪的船輕輕浮在海灣平靜有如玻璃的海面上。

「那群美人魚跑到哪裡去了？」席娜輕聲問我。

我聳聳肩。根本就看不到她們的蹤跡。我想像著她們一路潛回海面下躲藏的模樣。

突然間，在綁匪的船的另一側，漾起了陣陣漣漪。

我們的救生小艇緩緩的、悄悄的朝著那艘大船滑近。我看著那些漣漪，想知道究竟是什麼東西造成的。接著，我看到月光下一頭閃亮的金髮。

是那隻美人魚！我低聲叫道，「她就在那裡！」

只見她浮在水面上，雙手被反綁在背後，繩子還繫在那艘大船上。

這句英文怎麼說

她就在那裡！
There she is!

「他們一定是沒有水槽安置她，」D博士很興奮的低聲說，「我們的運氣眞好！」

霎時間，水裡又出現了其他的漣漪。

那群美人魚躬身浮出水面，她們圍繞著被抓的那隻美人魚打轉。她們高高舉起的尾巴像一把把巨大的扇子。我看見她們把手伸向那隻美人魚，用力拉扯著綁在她身上的繩子。

當那群美人魚用力拉著繩子時，海面只是輕輕的晃動，並沒有發出什麼聲音。

「她們是來救這隻美人魚的！」我悄悄的說。

「現在我們該怎麼辦？」席娜問。

「我們必須先確定她安全逃脫了，」D博士回答，「然後我們再迅速的離開。那些傢伙將永遠不會知道我們來過這裡。」

我們看著美人魚奮力的與繩子搏鬥，我們的小艇則是不停的擦撞著綁匪的船。

「快點啊，美人魚！」席娜輕聲催促著，「快點呀！」

「或許她們需要幫忙。」我說。

D博士把船慢慢駛向美人魚們。

當我看見綁匪的船上閃起一道亮光，不禁倒抽了一口氣。

一支火柴點燃了火把。

一個憤怒的聲音忽然響起：「你們在做什麼？」

這句英文怎麼說

你們是怎麼來的？
How did you get here?

26.

當燃燒的火把揮過我的臉時，我嚇得把身體縮成一團。透過那支火把，我可以看到那個傢伙正瞪著我。他快速拉掉臉上的面罩，其實那個面罩只蓋住了他上半部的臉。

我聽見一陣急促爬下樓梯的腳步聲，還有驚訝的叫聲。緊接著，亞力山大和另外三個綁匪都出現在甲板上。

「你們是怎麼來的？」拿火把的傢伙問道，「你們怎麼還沒死？」

「我們是來救美人魚的，」D博士回答那個拿火把的人，「你們不能把她留在這裡！」

火把從我頭上晃過。我從小艇上站了起來，對著火把振臂一揮，想把它擊落

到海裡。

「比利，住手呀！」D博士高喊道。

那個傢伙迅速把火把移開。我整個人向前傾往救生艇上一倒，跌坐在席娜身上。

「把美人魚還給我們！」D博士要求他們。

「你們這些美人魚的發現者、想要救美人魚的傢伙，」那個綁匪低聲說道，「你們大老遠跑來，卻落了個空。而且，看啊——你們的船已經著火了！」

他把火把垂了下來，在小艇上放了一把火。

27.

火勢迅速竄燒起來，橘黃色的火燄在深藍色的夜空中閃爍著。火勢很快便蔓延到小艇的前面。

席娜嚇得驚聲尖叫，並想要撲滅火勢。

在一陣驚惶中，席娜急得想跳進水中——但是D博士把她拉了回來。「別離開小艇！否則妳會淹死的！」

大火燒得劈啪作響，刺眼的火燄燒得越來越高。

D博士從小艇後方抓出一件黃色救生衣，慌忙的想用救生衣滅火。

「比利！快拿救生衣過來！」他大聲喊道：「席娜！快去找個水桶來，把海水澆在火上——快點！」

我找到一件救生衣，用力拍打著火燄。席娜則用她最快的速度把海水倒到火燄上。

在燒得劈劈啪啪的熊熊烈燄中，我聽到亞力山大咆哮著，「快把美人魚弄上船！我們得趕快離開這裡！」

「D博士！」我大叫起來。「他們要逃走了！」

然後我聽到那幾個傢伙嘶喊著：「美人魚！美人魚在哪裡？」

我轉向大船的另一邊。美人魚不見了，她的同伴已經把她救走了。

其中一個綁匪從大船上走下來，並揪住我。「你把那隻美人魚藏到哪去了？」他質問道。

「放開他！」D博士吼道。

我拚命扭動身體，想要甩開那個傢伙，可是他還是緊抓著我不放。我看到另一個綁匪拿著棍子，準備往D博士的頭上揮去。

還好，D博士躲過了那記棍子。那傢伙想要用棍子打D博士的肚子，但是又被D博士躲開了。

這句英文怎麼說

放了孩子們！
Let go of the kids!

我用腳猛踢抓住我的綁匪，還不停的扭動身軀想掙脫他。席娜為了要幫我逃脫，拚命拉扯著他的手。

「放了孩子們！」D博士以哀求的語氣說：「亞力山大！救救我們！」

可是站在甲板上的亞力山大動也不動。他只是把那雙強而有力的手臂交叉在胸前，冷冷的望著我們。

這時火勢差不多撲滅了。但是那幾個傢伙卻又在小艇上放了一把火。

「席娜——小心火！」我大叫，「快點滅火啊！」

只見席娜很快的拿起水桶，拚命的四處灑水。

然而這時卻有個綁匪一把弄翻席娜手上的水桶，潑得整艘救生艇都是水。

席娜拿起一件救生衣，用力的往火燄拍打，想要撲滅火勢。

「快離開那艘救生艇！把那幾個人丟到海裡去！」船上的一個綁匪大喊。

一個原本要走下來的傢伙聽到了之後，不由的放慢腳步。突然之間，他的身體竟然整個往前傾，兩隻手像是在游狗爬式似的胡亂揮舞。那艘大船的左側猛然撞上岸邊，似乎是被巨浪給打到了，嚇得那個傢伙驚聲尖叫。

那艘大船忽前忽後的搖晃著，一下子晃得很慢，一下子又晃得很厲害，船上幾個傢伙全嚇得尖叫不止。我緊緊的抓著救生艇，看著那些綁匪倒在扶手上，因迷惑與驚訝而不停的尖聲怪叫。

這時D博士慢慢站起來，想看看究竟發生了什麼事。

只見那艘大船劇烈的搖晃，像是浮在巨大的風浪上。

是那群美人魚！我看到她們了！

她們圍著那幾個綁匪的船，用力搖晃著它。

用力一點，再用力一點！那幾個綁匪無助的癱倒在船上。

「任務完成！」D博士開心的大叫。他發動救生艇的引擎，我們便快速駛離了海灣。

我轉身一看，那艘大船仍在海面上猛烈的晃個不停；而且我還看到，我們的美人魚自由自在的游在同伴們閃閃發亮的尾巴後面。

「她逃掉了！她已經自由了！」我開心的叫起來。

「希望她沒事！」席娜說。

這句英文怎麼說

我們明天再出來找她。
We'll look for her tomorrow.

「我們明天再出來找她，」D博士一面駕著小艇回實驗船，一面跟我們這麼說，「現在我們知道可以到哪裡找到她了。」

席娜看著我，我也看著她。我們彼此交換了個眼神。

天啊，不會吧！我心想。在經過這麼多事情之後，D博士還是要這麼做？難道D博士眞的想再去捕捉美人魚——並把她送到動物園去？

第二天早上，我和席娜在廚房碰頭。自從亞力山大不在了以後，我們得自己做早餐。

「你覺得美人魚回到珊瑚礁湖了嗎？」席娜問。

「也許吧！」我回答，「因爲她住在那裡。」

席娜舀起一匙麥片放進嘴裡，一邊嚼，一邊像是在思考什麼。

「席娜，」我問她，「如果有人給妳一百萬，妳會告訴他們美人魚在哪裡嗎？」

「不會！」席娜很快的回答，「更何況，他們是想要捉美人魚耶。」

「我也是。我眞搞不懂，D博士是個很偉大的人，可是我實在不敢相信他……」

我停了下來。我聽到一陣嘈雜的聲響，是馬達的聲音。

席娜靜靜的聽著，顯然她也聽到了。

我看到D博士站在甲板上，眺望著大海。

一艘船緩緩駛向我們。那是一艘白色的船，船身上印著大大的「海上動物園」幾個字。

「是動物園的人來了！」我告訴席娜，「是他們來了！」

叔叔會怎麼做？我的懷疑與恐懼越來越深。他會告訴動物園的人關於美人魚的下落嗎？他會不會收下那一百萬？

席娜和我很快把頭往下一彎，躲在駕駛座後面。只見那艘「海上動物園」的船緊靠在卡桑卓拉號旁邊。然後，我認出休華特先生和惠克曼小姐。

休華特先生攀著繩子爬向D博士，惠克曼小姐則是雙腳一蹬便跳上了船。

那兩個從動物園來的人微笑著與D博士握手。D博士則是很莊重的對他們點頭示意。

「我們聽聖安妮塔的漁夫說，你找到美人魚了，」休華特先生說，「我們是來帶她走的。」

這時惠克曼小姐打開公事包，拿出一個長長的信封：「裡面是一百萬美金的支票，D博士，」她對著D博士笑笑：「這是我們對你、以及卡桑卓拉實驗船的一點心意。」

然後她把信封遞給叔叔。

我從駕駛座的後面偷偷瞧著這一切。求求你，不要拿！D博士！我低聲的說著，求求你，千萬別收下那張支票！

「非常謝謝你們。」叔叔說。他伸出手來，把信封從惠克曼小姐的手中接了過去。

28.

「一百萬美金對我和我的實驗室來說，眞的會很有幫助，」D博士說，「你們動物園實在是太慷慨了。但很抱歉的是，我必須這麼做。」

他舉起那個信封，當場把它撕成兩半。

從動物園來的那兩個人非常驚訝的看著D博士。

「我不能拿這筆錢。」D博士說。

「你在說什麼啊！迪普博士？」休華特先生問他。

「你們根本就是要我在大海裡撈針，」叔叔回答道，「自從你們離開之後，我徹徹底底的搜索過這整個海域。我用儀器探測珊瑚礁湖的每個地方，以及附近所有的海底。可是我現在可以非常有把握的說，根本就沒有美人魚！」

這句英文怎麼說

我不能拿這筆錢。
I can't take the money.

「萬歲！」我忍不住在心裡大聲叫好。眞希望可以跳上跳下的歡呼幾聲！可是我和席娜只是靜靜的躲在駕駛座的後面。

「可是那些漁夫的話，你怎麼解釋？」惠克曼小姐爭辯道。

「當地漁夫口耳相傳美人魚的故事，已經不知道有多少年了，」D博士告訴她，「我想，他們是相信自己在起霧的日子裡看到了美人魚，其實看到的只是一般的魚，也許是海豚，或者是海牛，或者只是游泳的人。美人魚根本就不存在，她們只是人類幻想出來的東西罷了。」

休華特先生和惠克曼小姐很失望的嘆了一口氣。

「你眞的確定嗎？」休華特先生問。

「百分之百確定，」叔叔很肯定的回答，「我的儀器非常精密，就連小得像魚餌一般大的鰷魚，都可以探測出來。」

「我們相信你的判斷，迪普博士，」休華特先生很傷心的說，「你是熱帶海洋生物專家，所以我們才會第一個就找上你。」

「謝謝，」D博士說，「希望你們能接受我的建議，放棄捉美人魚的念頭吧。」

「我想我們是不得不放棄了，」惠克曼小姐說，「無論如何，還是謝謝你的努力，迪普博士。」

他們握握手，然後動物園的人回到他們船上，駕著船走了。

「D博士！」席娜忍不住大叫，還用手緊緊環住了D博士：「你眞是太太太偉大了！」

D博士咧嘴笑了起來，「謝啦，小朋友，」他說，「從現在開始，我們絕對不能向任何人提起有關美人魚的事，同不同意？」

「同意！」席娜很快的說。

「同意！」我說。然後我們互相握手約定。

美人魚是屬於我們三個人之間的祕密。

我發誓從來沒有對任何人吐露過美人魚的事。可是我眞的好想見她最後一面。我想跟她說聲再見。

午餐之後，席娜和D博士回到艙房去小睡片刻。畢竟，我們每天都會這麼做。

這句英文怎麼說

我好想見她最後一面。
I wanted to see her one last time.

所以，我也假裝回艙房休息。

當他們還在熟睡的時候，我偷偷溜出房間，然後滑進清澈湛藍的海水裡。

我游到珊瑚礁湖那裡，想要尋找美人魚的蹤跡。

太陽高掛在朗朗晴空下，陽光映照著珊瑚礁湖裡的海水，讓它看起來閃閃發亮，好像鋪了一層黃金似的。

美人魚？妳在哪裡？

我一面找，一面猜測著。

當我游過岩礁的時候，突然感覺到有人很頑皮的拉拉我的腿。

席娜？我猜是她。難道她又偷偷跟著我跑來了嗎？

我回過頭去想捉住她。

沒有人在那裡。

也許是海草吧。我想。然後我又繼續游。

幾秒鐘之後，又有人拉了我的腿一下，而且比上次更用力。

嘿——一定是那隻美人魚！我這麼告訴自己。

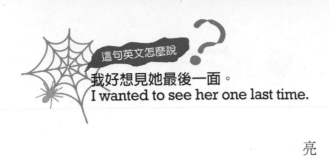

我又回頭，想要逮到她。

水裡漾起了陣陣漣漪。

「美人魚？是妳嗎？」我問道。

一個頭浮出了水面。

一個非常巨大的、狹長的、深綠色的頭。

頭上有一隻巨大的眼睛。還有滿嘴的大尖牙。

「是海怪啊！」我嚇得尖叫起來。「海怪又來了啊！」

這一次，你們還相不相信我說的故事呢？

- 舉世聞名。
  World-famous.
- 她終於注意到我了。
  Finally she noticed me.
- 我的夥伴把我從海裡救了出來
  My diving partner shoved my head back under the water.
- 根本就沒這回事。
  There's no such thing.
- 不要游得太遠。
  Don't swim off too far.
- 是什麼東西把他們嚇跑了嗎？
  Had something scared them away?
- 我嚇呆了。
  I froze in fear.
- 爸！媽！我再也看不到他們了！
  Mom and Dad! I'll never see them again!
- 我踢踢我的右腿。
  I kicked my right leg.
- 他們為什麼不相信我？
  Why didn't they believe me?
- 我的手臂突然疼了起來。
  My arms suddenly began to ache.
- 可是海怪就住在那裡！
  But that's where the sea monster lives!
- 牠為什麼要那樣戲弄我？
  Why was it teasing me like that?
- 他看起來一點都不像個科學家。
  He didn't look like a scientist.

我做了雞肉沙拉三明治當午餐。

I made chicken salad sandwiches for lunch.

亞力山大便帶著席娜和我去參觀主實驗室。

Alexander led Sheena and me into the main lab to show us around.

閉嘴！

Shut up!

他簡直變了個人。

He just was't himself.

我才不要待在這裡。

I'm not going to stay here.

我沒有瘋。

I wasn't crazy.

威廉．迪普二世，知名的海底探險家！

William Deep, Jr., the famous sea explorer!

我錯過了什麼嗎？

Was I missing something?

我敢保證，我們一定會好好照顧她。

I promise you we would take excellent care of her.

我就知道我們找對人了。

I knew we had come to the right man for the job.

你們可以相信他。

You can trust him.

我知道我會在這裡找到她。

I knew I would find her here.

我想要掉頭游開。

I tried to turn and swim away.

我迅速穿上我的泳衣。

I slipped into my bathing suit.

這將是我輩子最偉大的冒險。
This is going to the greatest adventure of my life.

我又沒抓你抓得那麼用力！
I didn't scratch you that hard!

我想我是瘋了。
I guess I'm crazy.

那一定是美人魚！
That's got to be the mermaid.

我密切注意著那隻鯊魚的動向。
I kept my eyes on that fin.

我得到岩礁那裡！
I had to get to the reef. .

我用力一蹬，把自己舉上岩礁。
With a mighty kick, I hoisted myself onto the reef.

我根本看不見發生了什麼事。
I couldn't see what was happening.

我該如何回報你？ 。
What can I do in return?

我揉揉眼睛，再次尋找她。
I rubbed my eyes and looked for her again.

你真的找到美人魚了！
You've actually found the mermaid!

我真是為你感到驕傲！
I'm proud of you!

我們不會傷害她的。
We won't hurt her.

D 博士，水槽已經準備好了。
The tank is ready, Dr.D.

我們得想個方法餵她吃東西。

We have to find a method of feeding her.

好熱喔！

It's so hot!

她只是在模仿我。

She's just copying me.

我忘了我的筆記本了。

I forgot my notebook.

我要放走那隻美人魚，還她自由。

I was going to set the mermaid free.

我要放她走！

I was going to let her go!

我們可以在甲板上跟美人魚一起野餐！

We can have a picnic up on deck with the mermaid!

妳餓了，對不對？

You are hungry, aren't you?

那是什麼意思啊？

What does that mean?

那隻美人魚逃走了！

The mermaid escaped!

她真的好漂亮喔！

She really is pretty!

這全是我的錯！

This is all my fault!

他們在傷害那隻美人魚！

They're hurting the mermaid!

其中一個人的手上還握著一根短棍。

One of the men held a small club in his hand.

- 你可不可以讓她閉嘴？ 。
  Can't you get her to shut up?
- 我試著爬出水槽。
  I tried to scramble out of the tank.
- 咱們快離開這裡！
  Let's get out of here!
- 我看到席娜站起來。
  I saw Sheena stand up.
- 把他們通通都丟進水槽裡去！
  Throw them all in the tank!
- 你說的對。
  You're right.
- 我試試看
  Let me try.
- 那是什麼聲音？
  What's that noise?
- 她們想做什麼？
  What do they want?
- 美人魚們不是來報仇的。
  The mermaids aren't taking revenge.
- 我們應該通知島上的警察。
  We should call the island police.
- 美人魚在哪裡啊？
  Where's the mermaid?
- 她就在那裡！
  There she is!
- 你們是怎麼來的？
  How did you get here?

- 把美人魚還給我們！
  Give us back the mermaid!
- 放了孩子們！
  Let go of the kids!
- 我們明天再出來找她。
  We'll look for her tomorrow.
- 千萬別收下那張支票！
  Please don't take the check.
- 我不能拿這筆錢。
  I can't take the money.
- 我好想見她最後一面。
  I wanted to see her one last time.

附加英語學習功能—「這句英文怎麼說？」。

雞皮疙瘩系列 38

深海奇遇

原著書名── Deep Trouble
原出版社── Scholastic Inc.
作　　者── R.L. 史坦恩（R.L.STINE）
譯　　者──陳昭如
責任編輯──劉枚瑛、何若文

國家圖書館出版品預行編目 (CIP) 資料

深海奇遇 / R. L. 史坦恩 (R. L. Stine) 著 ; 陳昭如 譯.
-- 2 版 . -- 臺北市 : 商周出版 : 家庭傳媒城邦分公司發行 ,
民 105.09 176 面 ; 14.8 x 21 公分 . -- (雞皮疙瘩系列 ;38)
譯自 :Deep Trouble
ISBN 978-986-477-082-3(平裝)
874.59　　105013684

版　　權──翁靜如、吳亭儀
行銷業務──林彥伶、石一志
總 編 輯──何宜珍
總 經 理──彭之琬
發 行 人──何飛鵬
法律顧問──台英國際商務法律事務所 羅明通律師
出　　版──商周出版
臺北市中山區民生東路二段 141 號 9 樓
電話：(02) 2500-7008 傳真：(02) 2500-7759
E-mail：bwp.service @ cite.com.tw
發　　行──英屬蓋曼群島商家庭傳媒股份有限公司城邦分公司
臺北市中山區民生東路二段 141 號 2 樓
讀者服務專線：0800-020-299 24 小時傳真服務：(02)2517-0999
讀者服務信箱 E-mail：cs @ cite.com.tw
劃撥帳號── 19833503 戶名：英屬蓋曼群島商家庭傳媒股份有限公司城邦分公司
訂購服務──書虫股份有限公司客服專線：(02)2500-7718；2500-7719
服務時間：週一至週五上午 09:30-12:00；下午 13:30-17:00
24 小時傳真專線：(02)2500-1990；2500-1991
劃撥帳號：19863813 戶名：書虫股份有限公司
E-mail：service@readingclub.com.tw
香港發行所──城邦（香港）出版集團有限公司
香港 灣仔 駱克道 193 號東超商業中心 1 樓
電話：(852) 2508-6231 傳真：(852) 2578-9337
馬新發行所──城邦（馬新）出版集團
Cité(M) Sdn. Bhd. 41, Jalan Radin Anum,
Bandar Baru Sri Petaling, 57000 Kuala Lumpur, Malaysia.
電話：(603)9057-8822 傳真：(603)9057-6622
商周出版部落格──http://bwp25007008.pixnet.net/blog
行政院新聞局北市業字第 913 號

美術設計──王秀惠
印　　刷──卡樂彩色製版有限公司
經 銷 商──聯合發行股份有限公司 新北市 231 新店區寶橋路 235 巷 6 弄 6 號 2 樓
電話：(02)2917-8022 傳真：(02)2911-0053

■ 2003 年（民 92）06 月初版
■ 2021 年（民 110）07 月 21 日 2 版 3 刷
■ 定價 / 199 元

ISBN 978-986-477-082-3

Printed in Taiwan
城邦讀書花園
www.cite.com.tw

Goosebumps®

Goosebumps®